Chères lectrices,

Le voici de retour, ce bien-aimé mois de mai ! Certes, il n'est pas toujours aussi joli que le proverbe veut bien nous le faire croire — il lui arrive même d'arborer une allure hivernale, n'hésitant pas à arroser les stars du festival de Cannes ! Mais reconnaissons qu'il nous réserve aussi de très agréables surprises : des jours fériés en cascade qui sont comme un avant-goût des vacances, quelques journées ensoleillées qui nous permettent d'étrenner nos tenues estivales, des soirées plus longues où l'ont peut s'attarder à la terrasse des cafés et savourer des moments de pur *farniente…* Bref, quoique incertain, ce mois printanier est toujours plein de promesses — à nous de saisir les occasions d'en profiter pour qu'il soit, comme promis, le plus joli de l'année !

A très bientôt,

La responsable de collection

D1148747

Union forcée

KIM LAWRENCE

Union forcée

COLLECTION AZUR

Cet ouvrage a été publié en langue anglaise
sous le titre :
THE BLACKMAILED BRIDE

Traduction française de
ANNE BUSNEL

HARLEQUIN®

est une marque déposée du Groupe Harlequin
et Azur ® est une marque déposée d'Harlequin S.A.

1.

La Mercedes de Javier franchit l'imposant portail et remonta l'allée circulaire bordée d'oliviers en direction des tourelles de style mauresque qui se dressaient dans le paysage escarpé de Majorque.

Devant la façade de l'hôtel étaient garées plusieurs grosses cylindrées, ainsi qu'une vieille Coccinelle cabossée qui détonait dans cet environnement. Un sourire apparut sur les lèvres de Javier. Ainsi, Serge n'avait toujours pas persuadé sa femme de se séparer de son vieux tas de ferraille ! Sarah était pourtant d'un naturel accommodant mais, parfois, elle se cramponnait à certaines idées saugrenues…

Contrairement à son ami Serge, Javier était encore célibataire, ce qui ne signifiait pas qu'il manquait de compagnie féminine. Sans effort de sa part, il attirait depuis toujours les créatures les plus ravissantes qui se disputaient ses faveurs et lui vouaient une admiration sans bornes. Il ne lui avait donc jamais effleuré l'esprit qu'une fille puisse être totalement immunisée contre son charme…

Jusqu'au jour où il avait rencontré Sarah.

Aujourd'hui, à trente-deux ans, il avait mûri et avait bien plus de discernement en ce qui concernait les femmes. Du moins se plaisait-il à le penser. Il était même devenu bien trop exigeant selon son grand-père, Felipe Montero, qui attendait avec impatience que son héritier se marie enfin.

Javier aurait pu opter pour la facilité en choisissant parmi les jeunes femmes qui fréquentaient le même milieu que lui. Toutes étaient issues de milieux respectables ; toutes étaient capables d'assumer les obligations inhérentes à une haute position sociale comme celle de la famille Montero, l'une des plus riches d'Europe.

Oui, cela aurait été très simple et le père de Javier n'avait pas agi autrement du temps de sa jeunesse. C'était justement le problème. Chaque fois que, de guerre lasse, Javier se sentait sur le point de fléchir, l'exemple désastreux de ses parents le dissuadait de renoncer à sa liberté.

Son grand-père ne l'entendait pas de cette oreille. Hier encore, alors que Javier s'apprêtait à quitter la propriété familiale située en Andalousie, le vieil homme avait tempêté :

— Si tu ne te maries pas avant ma mort, je lègue toute ma fortune au petit Raul ou à un orphelinat quelconque ! Tu n'auras pas un sou !

Cette tentative de chantage peu subtile avait aussitôt déclenché la colère de Javier. Son grand-père pensait donc pouvoir l'acheter ? Le connaissait-il si mal ?

Avec hauteur, il s'était tourné vers Felipe Montero dont les traits, encore bien ciselés malgré l'âge, rappelaient tant les siens. Mais ce qu'il avait lu dans le regard de son aïeul l'avait obligé à ravaler la réplique cinglante qui lui brûlait la langue.

Javier ne se faisait aucune illusion sur son grand-père. Il le savait rusé, calculateur, buté et tyrannique, autrement dit capable d'employer les grands moyens quand un obstacle se dressait sur sa route. Mais jamais encore il ne l'avait vu céder à la peur.

— Voyons, il te reste encore de longues années à vivre…, objecta-t-il.

Felipe sourit. Javier avait l'esprit vif d'un analyste financier hors pair, il n'avait pas besoin qu'on lui explique dix fois les choses.

— Puisque tu poses la question… eh bien, non, répondit-il. Les médecins me donnent six mois, tout au plus.

Javier blêmit, mais se garda bien de pousser les hauts cris comme l'auraient fait la plupart des gens confrontés à l'imminente disparition d'un proche. Il n'accabla pas les médecins, pas plus qu'il ne fit semblant de croire à l'existence potentielle d'un traitement miracle. Après un court silence, il se borna à hocher la tête. Il n'allait pas insulter son grand-père en essayant de lui donner de faux espoirs. Le bonhomme était trop lucide.

— Tu es malade ? s'enquit-il simplement.

— Cancer du poumon métastasé. Il n'y a rien d'autre à dire. Tu es le seul à être au courant, Javier, et il ne faut surtout pas que la nouvelle s'ébruite. Sinon, les actions de la société chuteraient d'un coup et, surtout… tout le monde se mettrait à me traiter comme un enfant dans ses langes ! conclut-il avec un frisson de dégoût.

Javier comprit alors que ce n'était pas la mort qui effrayait son grand-père, mais bien un changement d'attitude de la part de son entourage. Felipe Montero entendait partir dans la dignité.

— Je ne le dirai à personne, promit-il.

Avec un soupir de soulagement, Felipe enchaîna :

— Malheureusement, cela survient au pire moment. Avec la transaction de Bruxelles en passe d'être conclue…

Javier savait parfaitement contrôler ses émotions. Il était même passé maître dans ce domaine. Mais là, entendre son grand-père condamné s'inquiéter de l'avenir de son empire financier fit craquer quelque chose en lui.

— Existe-t-il un bon moment pour quitter ce monde ? se récria-t-il. Au diable la société ! Tu vas *mourir*, grand-père !

— Nous en sommes tous là, répliqua sèchement le vieil homme. Et si ma future disparition te touche vraiment, prouve-le ! Epouse Aria. Elle t'aime…

Un rire sans joie s'échappa de la gorge de Javier.

— Tu ne renonces jamais, hein ? maugréa-t-il.

Jamais il ne commettrait la même erreur que son père. Jamais il n'épouserait une femme éperdue d'amour qui ne vivrait que par lui et pour lui. Naïve et fragile, sa mère n'avait jamais compris que son rôle se limitait à recevoir les invités, élever les enfants de son époux et fermer les yeux sur les innombrables aventures de ce dernier. Elle en était morte.

— Il n'y a pas de quoi rire ! riposta Felipe Montero. Les liens du sang, la transmission, la pérennité sont des valeurs essentielles. Il te faut des descendants.

— Désolé, c'est impossible.

La perspective de perdre son héritage n'effrayait pas du tout Javier. Elle le stimulait plutôt. Lui qui avait sans cesse besoin de relever des défis — tant sur le plan physique qu'intellectuel — aurait trouvé très excitant de repartir de zéro, de se dire à la fin d'une rude journée qu'il ne devait sa réussite qu'à ses seuls efforts, et non à sa naissance et à ses privilèges.

Bien sûr, l'argent offrait la liberté, le luxe… mais il donnait également des responsabilités. Du moins Javier avait-il été élevé dans cette idée. Et son profond sens du devoir familial l'empêcherait toujours de se comporter comme un électron libre au sein de la dynastie à laquelle il devait tout.

Au fond, il savait pertinemment que jamais son grand-père ne le déshériterait. Et, aujourd'hui, il ne pouvait pas grand-chose pour lui, excepté… le laisser jouer au patriarche despotique qu'il espérait être aux yeux du monde.

L'air contrarié, Felipe Montero dévisageait son petit-fils.

— J'imagine que c'est à cause de cette blondinette que Serge t'a soufflée sous le nez ? Oh, ne fais pas l'innocent avec moi, mon garçon ! Tu me crois donc aveugle ? Si tu veux mon avis, cette fille n'était absolument pas faite pour toi. Elle manquait de poigne. Toi, il te faut une femme au caractère bien trempé…

— Comme Aria, c'est cela ? coupa Javier avec irritation.

— Eh bien, elle n'est pas la seule… En tout cas, si tu veux devenir mon successeur, tu vas te marier et rapidement…

— Grand-père, nous ne devrions pas nous quereller. Pas en ce moment…

— Pourquoi changer les vieilles habitudes ? Si tu te transformes en béni-oui-oui avec moi, les autres devineront qu'il se passe quelque chose. Ils s'inquiéteront, voudront me ménager et être *gentils* avec moi. Et ça, je ne le supporterai pas !

Lorsque deux personnes pareillement incapables du moindre compromis travaillaient ensemble, il y avait forcément des étincelles. La relation explosive qui liait Javier et son grand-père était connue. Leurs fréquentes altercations se terminaient invariablement de la même façon : Felipe vociférait et Javier s'enfonçait dans un silence ombrageux. Les membres de la famille croisaient alors les doigts, craignant chaque fois que le vieillard ne soit fâché pour de bon contre son unique héritier. Ils ne comprenaient pas que les deux adversaires se vouaient mutuellement un profond respect et une affection encore plus grande.

Cette fois, Javier avait mis un terme à la discussion en se levant.

— Je suis désolé, grand-père.

— Tu n'es qu'un crétin, buté et immature ! avait ragé Felipe, tandis que son petit-fils s'éloignait.

Avec une parfaite maîtrise de soi, Javier chassa de son esprit ces soucis d'ordre personnel dès qu'il émergea de l'habitacle de sa Mercedes rafraîchi par l'air conditionné. Habitué aux étés caniculaires de Majorque, il remarqua à peine la chape de chaleur qui s'abattait sur lui. Il consulta le cadran de sa montre. Bon, il avait quelques minutes devant lui, mais guère plus. Il ne tolérait pas le manque de ponctualité chez autrui et, en conséquence, mettait toujours un point d'honneur à ne jamais faire attendre quiconque. Simple question de politesse.

Alors qu'il se dirigeait vers l'entrée de service de l'hôtel, son regard critique embrassa l'imposante façade, le perron de pierre, les jardins en terrasse et les pelouses verdoyantes, sans parvenir à trouver le moindre défaut à ce paysage idyllique.

Comme il parvenait près de la piscine, il aperçut quelques clients qui s'attardaient sur les plages pour parfaire leur bronzage sous les rayons cuisants du soleil de midi — les inconscients !

Une femme sortit en hâte du bassin aux eaux miroitantes pour rejoindre un homme — son époux, sans doute — étendu sur un transat. Tout excitée, elle lui glissa quelques mots à l'oreille en désignant Javier. Ce dernier imagina sans mal ce qu'elle lui disait : « Regarde, c'est Javier Montero, le propriétaire de l'hôtel ! Il paraît qu'il possède aussi une compagnie aérienne, une écurie de courses et des investissements dans toute l'Europe… »

Accoutumé à ce genre de réactions, Javier poursuivit son chemin sans s'émouvoir. Au passage, il alla serrer la main du jardinier en chef qu'il complimenta sur la beauté des massifs et plates-bandes. Javier était très fier du travail accompli ici, dans cet ancien monastère de la Sierra de Tramuntana. Grâce au talent des artisans locaux, l'endroit autrefois négligé avait retrouvé sa splendeur d'antan. Transformé en hôtel de luxe, il constituait une retraite de choix pour les riches touristes désireux de passer des vacances parfaites combinant grand confort, ambiance historique et gastronomie méditerranéenne.

Les Montero possédaient deux autres établissements à Majorque, destinés chacun à une clientèle particulière. Les touristes qui affectionnaient l'atmosphère citadine et cosmopolite de Palma réservaient une chambre dans l'hôtel cossu situé au cœur de la vieille ville ; ceux qui préféraient les panoramas sauvages et les vacances toniques choisissaient le club-hôtel construit sur la côte nord, qui ne proposait pas moins de six restaurants, un centre de thalassothérapie, et les activités sportives les plus variées.

Javier veillait scrupuleusement à la bonne marche de son hôtellerie et il effectuait parfois des visites surprises afin de mettre en évidence tout dysfonctionnement susceptible d'amoindrir la qualité du service. Néanmoins, cette gestion n'occupait pas toutes ses journées. Son véritable talent était ailleurs.

Au tout début de sa carrière, il avait fait preuve d'un don indéniable pour dénicher les marchés porteurs. Brillant financier, il n'en était pas moins un excellent homme de terrain puisque, chaque fois qu'un souci survenait — un conflit syndical ou un litige juridique —, Javier se chargeait de le résoudre avec souplesse et efficacité.

C'était justement un grave problème qui l'avait obligé à quitter le continent pour venir maintenant frapper à la porte du bureau du gérant, Serge Simeone.

Celui-ci vint lui ouvrir aussitôt et un large sourire éclaira son visage basané à la vue de Javier. Les deux hommes se donnèrent l'accolade.

— Javier ! C'est bon de te revoir. Cela faisait un bail…

— Oui. Comment va le petit Raul ? Et… Sarah ? Elle est ici, n'est-ce pas ? J'ai vu sa voiture…

— Cette fichue casserole a encore rendu l'âme la dernière fois que Sarah a voulu prendre le volant. Oh, tu peux rire, ce n'est pas toi qui la pousses ! Sarah refuse toujours de la mettre à la casse. Elle va bien, merci. Sauf que ton filleul nous réveille à peu près toutes les nuits vers 3 heures du matin.

— Ah… Dans ces conditions, j'imagine que tu n'as guère apprécié que je te demande d'effectuer ces recherches pour mon compte ?

— Je ne te refuserai jamais rien, Javier. Je sais bien que tu n'aimes pas me l'entendre dire, mais nous te devons énormément, Sarah et moi. Et quand bien même vivrions-nous cent ans, nous ne pourrions jamais te rendre…

— Tu ne me dois rien ! affirma Javier, avant de changer brutalement de sujet : A propos de ce qui m'amène… Avons-nous maintenant des certitudes ?

— Hélas ! Tes informateurs disaient vrai.

— De qui s'agit-il ?

— D'un serveur qui travaille au club-hôtel sur la côte nord, un certain Luis Gonzales. Vingt-cinq ans environ. Il a été embauché en début de saison.

— Des références ?

— Impeccables. Falsifiées, bien entendu.

— Personne d'autre n'est impliqué ? De plus gros bonnets, des gens du milieu… ?

Serge secoua la tête. Javier eut un haussement d'épaules et commenta :

— Bon, c'est déjà ça…

Lorsqu'il avait appris qu'un membre du personnel profitait de sa position pour vendre de la drogue à certains touristes, il avait tout d'abord voulu connaître l'étendue du trafic. Avant de contacter le directeur du club-hôtel, il avait donc préféré se renseigner auprès de quelqu'un en qui il avait toute confiance.

— Tu n'as pas encore prévenu la police ? demanda-t-il.

— Non, tu m'as demandé d'attendre. Que comptes-tu faire, maintenant ?

— Eh bien… rendre une petite visite à ce Luis !

D'une main nerveuse, Kate Anderson saisit la liasse de photos que sa sœur cadette lui tendait dans un silence piteux.

Allons, Susie exagérait sûrement. Ce ne pouvait être aussi grave qu'elle le prétendait…

Mais, alors qu'elle découvrait les clichés légèrement flous, la réalité s'imposa à elle dans toute son horreur et elle dut faire un violent effort pour cacher à quel point elle était choquée.

Non, il ne s'agissait pas de quelques photos de Susie surprise seins nus sur la plage, des photos dont leurs parents — pourtant si « réacs » — n'auraient pas fait grand cas… mais bel et bien de photos érotiques !

— On ne voit pas bien ton visage. Ce pourrait être n'importe qui, murmura-t-elle enfin, cherchant désespérément un angle positif sous lequel regarder cette situation désastreuse.

Susie récupéra les photos et, rageuse, les déchira en mille morceaux. Etant donné qu'elle ne possédait pas les négatifs, ce geste était parfaitement vain, les deux sœurs en étaient bien conscientes.

— Ce n'est pas n'importe qui, c'est *moi* ! Kate, il faut que tu m'aides ! Je ne supporterai pas que papa et maman l'apprennent… Oh, j'en mourrai !

L'expression désespérée de Susie reflétait la confiance totale qu'elle avait en sa sœur. Après tout, cela faisait plus de vingt ans que Kate s'ingéniait à la sortir du pétrin chaque fois qu'elle s'y mettait, avec une constance remarquable, il fallait l'avouer. En temps ordinaire, peu de problèmes résistaient au sang-froid et au pragmatisme de Kate. Mais, en l'occurrence, elle se sentait totalement démunie face à l'ampleur de la catastrophe.

Elle imaginait sans peine les conséquences si ses parents collet monté tombaient sur ces nus de leur fille cadette. En guise de rétorsion, ils lui couperaient certainement les vivres, ce qui constituerait la pire des punitions pour Susie. Et Kate ne voulait même pas songer à ce qui se passerait si les clichés arrivaient entre les mains de certains journalistes. Des photos compromettantes de la fille d'un juge de la Haute Cour ! La presse à scandale en ferait des gorges chaudes !

— Et si Chris reçoit ces photos ! Il ne croira jamais que je n'ai pas couché avec Luis ! se lamenta Susie.

— Parce que tu ne couches pas avec lui ?

Susie fondit en sanglots bruyants.

— Tu vois ! Toi aussi tu te fais des idées fausses ! Luis était juste un copain. Nous nous amusions, nous sortions en boîtes de nuit. Oh, je vois bien que tu ne me crois pas ! s'emporta-t-elle d'un ton accusateur.

— Mais si, mais si…, répondit Kate distraitement. Tais-toi, veux-tu. J'ai besoin de réfléchir…

Comme elle pivotait lentement sur elle-même, son regard accrocha son reflet dans le miroir rivé au mur. Elle se surprit sourcils froncés, en train de se mordiller la lèvre avec anxiété. Comme sa sœur, elle avait des cheveux d'un blond cendré très clair. Mais, des deux, Susie était incontestablement la plus jolie. Elle-même n'avait pas les traits aussi réguliers. Sa bouche était trop grande, ses lèvres trop charnues, ses pommettes trop saillantes. Ses yeux noisette en forme d'amande restaient sa plus grande beauté, mais ils étaient souvent cachés par ses lunettes rondes à monture métallique. En général, la première impression qu'elle laissait aux gens était celle d'une jeune femme énergique et intelligente, au sens pratique très développé. Alors que, de Susie, on disait souvent qu'elle était « belle comme un cœur ».

Combien de fois Kate avait-elle entendu sa mère commenter avec un petit soupir fataliste :

— Susie a hérité de mon physique. Mais, au moins, Kate a la tête sur les épaules.

Son père, plus charitable, rectifiait :

16

— Son physique est peut-être moins spectaculaire, mais il a plus de personnalité.

Ces jugements étaient plutôt justes et Kate, de toute façon, ne s'estimait pas mal lotie par la nature. Elle avait effectivement la tête sur les épaules, ce qui lui avait permis de réussir brillamment ses études, de devenir avocate, et de mener aujourd'hui la vie qui lui plaisait.

Cela ne l'empêchait pas, de temps à autre, d'envier Susie sur laquelle les hommes se retournaient souvent dans la rue.

Pour l'heure, le ravissant minois de sa sœur s'était renfrogné. Apparemment, Susie s'était attendue à plus de compassion de sa part.

Kate se laissa tomber dans l'un des fauteuils en rotin qui meublaient leur bungalow et remonta ses genoux sous son menton. Plus elle réfléchissait, plus elle enrageait.

— Mais qu'est-ce qui t'a pris ? explosa-t-elle finalement. Et d'abord, pourquoi as-tu sympathisé avec un type pareil ? Tu es fiancée à Chris, bon sang ! Que se passe-t-il ? Vous ne vous entendez plus ?

— Oh, ne commence pas ! Si tu me dis encore une fois que je suis trop jeune pour me marier, je vais hurler ! Je ne suis pas carriériste comme toi. Et puis, être fiancée ne signifie pas qu'on n'ait plus le droit de s'amuser…

— Le droit de *s'amuser* ? répéta Kate, incrédule. Mais pourquoi ne t'es-tu pas cantonnée au volley-ball ?

— Si tu étais arrivée au club la semaine dernière comme prévu, je me serais moins ennuyée et rien de tout cela ne serait arrivé.

Kate réprima un soupir exaspéré. Il n'y avait que Susie pour sous-entendre qu'au bout du compte, elle était responsable de ses maux !

— J'avais du travail, tu le sais bien, objecta-t-elle.

— Du travail ? Tu ne penses qu'à cela ! Pas étonnant que Seb t'ait larguée...

Kate retint une exclamation indignée. Susie repoussa une longue mèche claire qui lui retombait sur le front et, avec une petite grimace penaude, s'excusa aussitôt :

— Désolée, je n'aurais pas dû dire ça. N'empêche, j'ai vraiment passé des vacances horribles ! Papa et maman voulaient à toute force me traîner avec eux pour visiter des vieilles pierres. J'ai passé mon temps à les éviter. Evidemment, des vacances en famille à notre âge, cela ne pouvait que mal tourner...

Kate ne put s'empêcher de remarquer :

— Tu semblais pourtant enthousiaste quand tu as su que papa paierait l'intégralité du séjour.

— Dieu merci, il n'a pas réservé dans cet hôtel perdu dans la montagne qui te plaisait tant ! Il n'y avait rien d'autre à faire là-bas que de regarder l'herbe pousser.

— Peut-être, mais tu n'y aurais pas rencontré Luis.

Susie lui jeta un regard incertain.

— En fait, je me demande si... s'il n'a pas mis quelque chose dans mon verre, quand nous étions au bord de la piscine. Je n'en suis pas sûre à cent pour cent, mais... je connais une fille à qui c'est arrivé et...

Avec un cri outré, Kate se redressa brusquement dans le fauteuil.

— Comment ? Que veux-tu dire ?

— Oh, il ne s'est rien passé, s'empressa de préciser Susie. Par chance, mes copains et moi sommes arrivés au moment où la drogue commençait à faire son effet. Le type en question a déguerpi sans demander son reste. La fille s'est effondrée dans les toilettes et nous avons eu un mal de chien à la ramener dans son bungalow... Mais bref, le soir où ces photos ont été prises... j'ai ressenti des symptômes bizarres : la tête me tournait et j'avais du mal à tenir debout, alors que je n'avais bu qu'un verre de vin blanc…

— C'est scandaleux ! Il faut immédiatement prévenir la police !

— Non, je t'en prie ! Je mourrais de honte. Tu sais, d'habitude, je suis très vigilante. Je n'abandonne jamais ma boisson sur une table, je l'emporte toujours avec moi et, bien sûr, je n'accepte jamais qu'un inconnu m'offre un verre…

— Bien sûr, acquiesça faiblement Kate.

Sa sœur paraissait très au fait des précautions élémentaires à prendre lors d'une soirée. Kate, quant à elle, n'avait jamais fait preuve d'une telle méfiance. Péchait-elle par naïveté ? Il faut dire qu'il ne lui était jamais arrivé de trinquer avec un inconnu, puisqu'elle sortait toujours avec des amis de longue date ou des collègues de travail.

— Ce que je ne comprends pas, c'est qu'il n'a même pas essayé de me toucher ! marmonnait Susie. En fait, depuis le début, il louchait sur l'argent de papa. Rien d'autre ne l'intéressait.

— Heureusement !

— Je me sens tellement idiote ! J'étais persuadée qu'il était amoureux de moi. Je me demandais même comment j'allais le laisser tomber en douceur… Oh Katie, que vais-je faire ?

Cette dernière se pencha pour presser gentiment l'épaule de sa cadette.

— Ne t'inquiète pas. Tout va s'arranger, affirma-t-elle d'un ton réconfortant, tout en croisant discrètement les doigts derrière son dos.

— Tu peux me prêter la somme qu'il réclame ? s'enquit Susie, la voix pleine d'espoir.

— Non, Susie. Il n'obtiendra rien, pas un centime. Il ne faut jamais céder à un maître chanteur. En revanche, nous allons récupérer les négatifs.

— Mais comment ?

— Je n'ai pas encore trouvé la solution, admit Kate.

— Ecoute, cela me paraît plutôt compromis. Luis ne te les rendra jamais, tu comprends ? Une fois ou deux, je l'ai vu discuter avec des gens d'apparence plutôt louche. Il est peut-être plus dangereux que je ne le pensais… Enfin, c'est ce qui m'a attirée chez lui en premier lieu, ce côté trouble… Tu vois ce que je veux dire ?

Elle jeta un coup d'œil à Kate qui remontait du bout de l'index ses lunettes sur son nez, et elle soupira :

— Non, j'imagine que tu ne vois pas. Mais j'ai beau être égoïste, je ne voudrais pas qu'il t'arrive malheur à cause de moi.

Kate sortit un mouchoir en papier de sa poche et le tendit à sa sœur.

— Tiens, mouche-toi et ne te tracasse plus. Il ne m'arrivera rien, je te le garantis.

Kate avait patienté une heure, tapie dans l'ombre, à surveiller le bungalow situé dans la zone d'hébergement du personnel. A présent, l'endroit était désert, elle en avait la certitude.

L'attente, évidemment, s'était révélée usante pour ses nerfs, et elle se sentait au bord du malaise lorsque, le cœur battant la chamade, elle osa se glisser vers la porte.

Jamais elle n'avait eu aussi peur de toute sa vie, pas même le jour où, jeune avocate récemment inscrite au barreau, elle avait fait sa première plaidoirie.

A sa grande surprise, la poignée ne lui offrit aucune résistance et le battant pivota dans un léger grincement. Soulagée, Kate rempocha la carte de crédit sur laquelle elle avait vaguement compté pour s'introduire dans les lieux au cas où la porte aurait été verrouillée. Puis, elle remonta sur sa tête la capuche de son sweat-shirt noir afin de dissimuler sa chevelure claire qui pouvait la faire repérer dans le crépuscule tombant.

Le faisceau de sa torche balaya la pièce plongée dans la pénombre. Il régnait là un beau désordre. Comme elle enjambait une pile de vêtements abandonnés par terre, son pied se prit dans une chemise. Elle faillit s'étaler et rétablit son équilibre de justesse en réprimant un cri. Elle n'avait vraiment pas l'habitude de ce genre d'entreprise ! Pour se remettre, tout à l'heure, elle aurait besoin d'un bon bain chaud et d'un remontant très fort… pas nécessairement dans cet ordre.

Ses mains tremblaient tellement qu'il lui fallut un temps fou pour ouvrir le premier tiroir de la commode. « Respire… concentre-toi ! », s'admonesta-t-elle en fouillant le contenu.

Ses doigts frôlèrent une enveloppe qui contenait quelque chose de souple. La forme semblait correspondre. « C'est mon jour de chance… », songea-t-elle.

Tout à coup, la lumière crue d'une lampe beaucoup plus puissante que la sienne inonda la pièce. Avant que Kate ait le temps de se retourner, deux bras d'acier se refermèrent sur elle et la soulevèrent du sol. De furieuses imprécations en espagnol éclatèrent dans son oreille.

Affolée — Susie ne l'avait-elle pas mise en garde contre le maître chanteur ? —, elle se débattit de toutes ses forces et parvint à décocher un coup de pied dans le tibia de son agresseur qui, sous l'effet de la douleur, relâcha légèrement sa prise. Kate se démena de plus belle et, dans ses soubresauts, renversa une chaise. Elle perdit également ses lunettes, sans cesser de lutter pour autant. Mais, bien vite, elle se rendit compte que ses efforts étaient vains. En dépit de son excellente forme physique, elle n'était pas de taille contre son adversaire qui ne montrait pas le moindre signe d'essoufflement.

Toujours réaliste, elle se résigna à l'inévitable. Soit, elle ne se tirerait pas d'affaire par la force. Autant essayer le dialogue.

Après tout, c'était son domaine. Elle était plutôt douée pour argumenter.

— Je vous en prie, lâchez-moi…, haleta-t-elle en abandonnant toute résistance.

— English ?

La question ne provenait pas de son assaillant, mais d'un autre homme qui se tenait à l'autre bout de la pièce. Bon, ils étaient donc deux contre elle. Sans doute ces individus patibulaires dont Susie lui avait parlé.

— Bien sûr que je suis anglaise ! s'exclama-t-elle.

Celui qui maintenait toujours Kate lança alors une bordée d'injonctions dans un espagnol aussi rapide qu'incompréhensible. Sans doute prenait-il ses dispositions pour l'éliminer physiquement. Le cerveau de Kate réfléchissait à toute allure. Combien de temps s'écoulerait avant qu'on ne remarque sa disparition ? Personne ne s'inquiéterait avant le lendemain matin, réalisa-t-elle avec effroi.

Après le dîner, elle avait quitté ses parents sous prétexte d'une migraine. Quant à Susie, elle devait en ce moment même se déhancher sur la piste de la discothèque où elle resterait vraisemblablement une bonne partie de la nuit.

— Je vais vous lâcher. N'essayez surtout pas de vous enfuir, prévint l'homme.

Docile, Kate hocha la tête en signe d'assentiment, tout en se promettant bien de prendre ses jambes à son cou dès que l'occasion se présenterait. L'étreinte des bras musclés se desserra et elle put respirer plus librement. Malheureusement, elle avait les jambes en coton. Mais, si son corps la trahissait, son mental, lui, était plus résistant.

Epaules bien droites, elle fit face à ses agresseurs.

— Vous m'éblouissez, dit-elle en interposant sa main entre ses yeux et le faisceau blafard de la lampe torche.

Quelques secondes s'écoulèrent avant que l'homme le plus éloigné ne consente à baisser le halo lumineux vers le plancher. Privée de ses lunettes, Kate ne voyait de lui qu'une silhouette aux contours flous. En revanche, elle distinguait bien mieux l'homme qui l'avait ceinturée. Comme elle, il était vêtu de noir de la tête aux pieds. La similitude s'arrêtait là. Elle savait déjà qu'il avait une large poitrine et des bras musclés. Le reste la plongea dans un silence ahuri : des traits âpres, anguleux ; un front intelligent ; un nez busqué et un teint chaud qui évoquaient très certainement de lointaines origines arabes et contrastaient de manière saisissante avec ses yeux d'un bleu profond ; une bouche au pli sévère, mais à la sensualité indéniable...

Non content de posséder de tels atouts, il mesurait en plus un bon mètre quatre-vingt-dix...

L'homme plissa les paupières et abaissa sur elle son étonnant regard.

— Alors, *señorita*, où est Luis Gonzales ? demanda-t-il d'une voix menaçante.

2.

En silence, Kate secoua la tête.

L'homme lui jeta un regard ironique avant d'échanger quelques phrases en espagnol avec son compagnon qui éteignit la lampe.

La pénombre envahit la pièce et l'esprit de Kate entra aussitôt en action. Quelles étaient ses chances de gagner la porte avant d'être rattrapée ? Minimes... Mais qu'avait-elle à perdre ? Pas mal, sans compter qu'elle n'avait même pas récupéré les photos.

— N'y pensez même pas !

La voix autoritaire la fit sursauter, l'arrachant à ses spéculations. Une main impatiente tira le rideau et le profil d'aigle de l'homme apparut, découpé dans la lumière irréelle des rayons de lune. Kate cilla au moment où l'acolyte de ce dernier rallumait la torche.

Il reprit son interrogatoire :

— Que faites-vous ici ? Vous attendiez Gonzales ?

— Non, je ne le connais même pas !

Elle devait être tombée au beau milieu d'un règlement de comptes entre malfrats de la pègre. Situation délicate... Le mieux était encore de jouer les parfaites idiotes, ce qui ne serait pas très difficile étant donné qu'il fallait être particulièrement stupide pour se faire pincer de la sorte ! Ces types devaient faire le guet dans le bungalow depuis un bon moment et elle ne s'était rendu compte de rien.

Sa réponse, en tout cas, n'avait pas amélioré l'humeur de son interlocuteur.

— Vous n'allez quand même pas me dire que vous vous trouviez ici par hasard ? Dans cette tenue ? jeta-t-il en désignant son sweat à cagoule noir.

— Vous pouvez parler ! riposta-t-elle.

Les deux hommes étaient eux aussi moulés dans des vêtements sombres. Vue de l'extérieur, la scène devait ressembler à un colloque de rats d'hôtel !

A cette pensée, Kate sentit ses lèvres esquisser un sourire. L'homme lui retourna un regard interloqué.

— Quelque chose vous amuse ?

Son associé demeurait en retrait, peu désireux apparemment de participer à l'interrogatoire. Ce devait être un sous-fifre qui se contentait d'exécuter les basses besognes...

Kate respira profondément pour dominer sa peur et tâcher d'envisager la situation d'un point de vue objectif. Elle devait tenter d'amadouer le chef. Malheureusement, celui-ci ne paraissait guère enclin à la mansuétude. Et un petit démon intérieur la poussait, contre toute raison, à le défier ouvertement.

— Oui, je m'amuse comme une folle ! répliqua-t-elle ironiquement. J'adore me faire molester par des truands bornés ! Vous êtes vraiment une brute... Demain, j'aurai des bleus partout sur le corps...

Parler, raconter n'importe quoi, voilà ce qu'elle devait faire. Cela lui permettrait de gagner du temps et de réfléchir. Du moins, en théorie.

— Si je suis une brute sans foi ni loi, et stupide de surcroît, vous devriez peut-être me parler sur un autre ton, non ? suggéra l'homme.

— Vous me menacez ?

— Si c'était le cas, je vous garantis que vous ne poseriez pas la question.

— Je crois surtout que vous vous la jouez !

A sa grande surprise, elle vit une lueur d'intérêt amusé s'allumer dans le regard de son interlocuteur. Ce n'était pas du tout ce qu'elle recherchait ! Pour recouvrer la liberté, elle devait le convaincre qu'elle était parfaitement inoffensive, voire un peu demeurée.

— En temps normal, je suis prête à accorder aux gens le bénéfice du doute. Mais là, je pense que les choses sont claires : vous êtes un gangster et, même si j'ai tort de parler comme ça, je ne peux pas m'en empêcher. La nervosité m'a toujours rendue bavarde et…

— Vous n'êtes pas nerveuse, coupa-t-il doucement. Je crois au contraire que sous vos airs de biche effarée, vous êtes en pleine possession de vos moyens. Allons, répondez ! Aviez-vous rendez-vous avec Gonzales ? Ou peut-être vous a-t-il demandé de venir récupérer quelque chose ici pour lui ? Sait-il que nous avons repéré son petit manège ?

— Vous n'obtiendrez rien en me rudoyant !

Une expression stupéfaite s'inscrivit sur les traits anguleux de l'homme. Elle devait être folle pour le provoquer ainsi, mais c'était plus fort qu'elle. Un je-ne-sais-quoi chez ce type lui donnait l'envie irrésistible de marquer des points.

— Je ne vous rudoie pas ! protesta-t-il enfin.

— Cela ne vous mènera nulle part de toute façon, car j'ignore de quoi vous parlez.

Elle ponctua ces paroles d'un vigoureux hochement de tête. Dans ce mouvement, la capuche retomba dans son cou, libérant ses cheveux blonds qui se répandirent sur ses épaules.

L'homme haussa les sourcils. Puis, lentement, son regard quitta son visage pour la détailler sans vergogne jusqu'aux pieds, en s'attardant plus particulièrement sur certaines zones stratégiques.

Le premier réflexe de Kate fut de se couvrir, mais elle stoppa son geste. Elle n'allait pas trahir son embarras alors qu'il cherchait manifestement à l'intimider. Lorsqu'il eut fini de détailler sa silhouette, l'inconnu reprit :

— Ou peut-être saviez-vous que Gonzales était absent ? Peut-être vouliez-vous inspecter le bungalow en toute tranquillité ? Serge, tu ne veux pas jeter un coup d'œil au tiroir de la commode ? Elle semblait y chercher quelque chose.

Sous le regard bleu qui ne la lâchait pas, Kate retint son souffle. Ce type ne cillait donc jamais ? Ce devait être de l'eau glacée qui courait dans ses veines et non du sang !

— D'accord, je n'étais pas là par hasard, convint-elle.

Son pouls s'accéléra quand elle vit ledit Serge s'avancer vers la commode. De nouveau, elle prit une profonde inspiration. Il lui fallait garder la tête froide. Facile à dire quand on avait face à soi un individu aussi impressionnant dont le regard impérieux et dur suffisait à vous donner la chair de poule !

— Je suis venue ici chercher quelque chose… quelque chose que M. Gonzales a en sa possession mais qui ne lui appartient pas, reprit-elle avec effort.

Sa voix ne tremblait pas trop, toutefois elle ne pouvait s'empêcher tout en parlant, de jeter des regards furtifs vers le deuxième homme qui examinait le contenu du tiroir supérieur. Avec impatience, il laissa tomber plusieurs objets dénués d'intérêt : une boîte de trombones, un paquet de mouchoirs en papier… Dans la pièce, l'atmosphère semblait s'être tout à coup épaissie. Kate sentit des gouttes de transpiration perler à son front et entre ses seins. Consciente du regard bleu qui restait impitoyablement rivé sur elle, elle s'humecta les lèvres avec nervosité. Elle avait côtoyé suffisamment de détenus dans sa vie professionnelle pour savoir qu'elle montrait en cet instant tous les symptômes de la culpabilité.

— Je crois que c'est ça qu'elle cherchait, Javier…

Kate bondit en reconnaissant les négatifs que le dénommé Javier venait de saisir.

— Ils sont à moi ! Rendez-les-moi ! s'écria-t-elle en tentant en vain de s'en emparer. Vous n'avez pas le droit… !

Sa protestation mourut sur ses lèvres. Paralysée par l'horreur, elle le vit étudier le premier film, puis le second… Son regard méprisant remonta alors sur Kate qui sentit ses joues s'enflammer violemment.

L'homme appelé Serge lui posa une question en espagnol à laquelle il répondit dans la même langue… et l'autre éclata de rire. Kate serra les poings, furieuse de voir ces sales types ricaner aux dépens de la pauvre Susie.

— C'est ce que vous faites pour vivre ou c'est un simple passe-temps ?

Kate en resta bouche bée. Cet abruti pensait tenir des photos d'elle ! En temps normal, elle aurait été plutôt flattée qu'on puisse la confondre avec sa ravissante cadette, mais là… la coupe était pleine !

Sans réfléchir aux conséquences, elle détendit le bras. Son poing fermé aurait heurté l'homme en pleine mâchoire s'il n'avait eu des réflexes d'une promptitude déconcertante. Rapide comme l'éclair, il para le coup et la ceintura aussitôt.

Kate, qui n'avait encore jamais eu recours à un acte de violence aussi primaire pour défouler ses émotions, demeura un instant désorientée et choquée, avant de gigoter désespérément.

— Lâchez-moi !

Haletante, elle essaya de lui asséner un coup de genou dans le bas-ventre, mais il la maîtrisa sans difficulté avant de lui ramener les bras dans le dos. Plaquée contre sa large poitrine, elle perçut soudain, sous l'odeur boisée de sa lotion après-rasage, le parfum plus épicé de sa peau. Un léger vertige la saisit.

L'homme la libéra enfin.

— Vous vous montrez enfin sous votre véritable jour ! commenta-t-il avec dédain. Du calme, tigresse ! Je ne m'intéresse pas du tout à vos précieuses photos. Vous pourrez les récupérer…

Kate ressentit un tel soulagement qu'elle crut fondre en larmes sur-le-champ. A grand-peine, elle se ressaisit, s'efforçant de conserver un semblant de dignité.

— … dès que vous aurez répondu à mes questions ! acheva-t-il alors avec un sourire carnassier.

Les épaules de Kate se voûtèrent. Son regard glissa vers les photos qu'il tenait hors de sa portée. Il était en train de jouer au chat et à la souris avec elle. Et elle était totalement impuissante !

— Je ne sais rien, soupira-t-elle tout en massant ses poignets meurtris.

— Allons donc ! De toute évidence, vous connaissez Gonzales. A moins qu'il ne soit dans vos habitudes d'envoyer des photos pornographiques de vous-même à de parfaits inconnus ?

De nouveau, Kate sentit ses joues la brûler.

— Elles ne sont pas pornographiques ! Ce sont… des photos de charme.

— Bien sûr ! C'est de l'art… Qui est Gonzales pour vous ? Votre amant ? Votre dealer ?

Kate poussa une exclamation sourde. Un dealer ? Luis Gonzales était donc trafiquant de drogue par-dessus le marché ? Seigneur, dans quelle aventure s'était-elle embarquée ? Gonzales avait-il tenté de flouer ses fournisseurs, de plus gros caïds qui étaient venus lui donner une bonne leçon ? Voire pire…

— Vous… faites erreur, balbutia-t-elle. Je ne me drogue pas…

— Evidemment !

Les larmes embuèrent les yeux de Kate qui les retint de toutes ses forces. Elle n'avait jamais été capable de pleurer avec grâce, contrairement à Susie qui était championne dans ce domaine. Sinon, elle aurait pu espérer attendrir cette brute épaisse. En l'occurrence, elle le voyait mal se laisser émouvoir par des paupières gonflées et un nez rougi.

— Pourquoi refusez-vous de me croire ? Ai-je l'air d'une droguée, à votre avis ? s'exclama-t-elle en désespoir de cause.

— Ce n'est pas écrit sur leur figure, que je sache !

— Vous devriez savoir faire la différence. C'est votre business, après tout !

Il se raidit et ses yeux bleus lancèrent soudain des éclairs.

— Je ne vous comprends pas ! s'emporta-t-il. Pourquoi le protégez-vous ? Est-ce par peur des représailles ? Par loyauté mal placée ? Ce type est une crapule, il va vous entraîner dans la déchéance, puis vous plaquer sans le moindre remords…

Sans prévenir, il lui saisit le bras gauche et retroussa vivement la manche de son sweat-shirt, pour faire courir son doigt sur la peau fine à la recherche de marques révélatrices. Un frisson parcourut Kate qui, d'instinct, se rebella contre la torpeur languide qui s'emparait d'elle.

— Satisfait ? grinça-t-elle en baissant sa manche.

— Pas encore. Montrez-moi l'autre bras…

Elle sentit sa gorge se nouer et, dans un premier temps, ne put réprimer un mouvement de recul, avant d'admettre sa défaite. Pleine de défi, elle remonta elle-même sa manche droite et attendit de voir sa réaction quand il verrait la longue cicatrice rosâtre qui s'étalait au-delà du coude.

Que ressentait-il ? De la gêne ? Du dégoût ? Kate avait déjà eu droit à tout cela. En règle générale, après avoir vu ces marques indélébiles que la chirurgie réparatrice n'avait pu corriger, les gens paraissaient de prime abord assez déstabilisés. Kate, elle, avait décidé depuis longtemps de ne plus se soucier de ces stigmates, souvenir d'un accident domestique survenu dans son enfance.

De façon inattendue, le dénommé Javier ne parut pas choqué ni embarrassé le moins du monde. Il ne feignit pas non plus de ne rien voir, comme le faisaient parfois certaines personnes : par exemple Seb, qui n'avait jamais pu se résoudre à la toucher à cet endroit, même s'il prétendait n'éprouver aucune répulsion.

L'Espagnol n'avait manifestement pas ces états d'âme. Il saisit la main de Kate, la tourna doucement et demanda sans détour :

— C'est une ancienne brûlure ?

— Vous êtes bien curieux ! persifla-t-elle.

— Cela vous gêne d'en parler ?

— Avec les tueurs professionnels, je préfère m'abstenir.

— Ah bon ? Vous en connaissez beaucoup ?

Haussant les épaules, elle se dégagea, trop perturbée par le contact de sa peau contre la sienne. Leurs regards se croisèrent à cet instant et Kate eut l'impression que ses airs bravaches ne l'abusaient pas une seconde, qu'il la voyait comme l'adolescente complexée qu'elle était autrefois. Son sentiment de vulnérabilité s'accrut et, pour s'en défendre, elle ramena sa manche sur son bras.

— Vous n'avez pas à vous cacher, dit-il d'un ton presque sévère.

Kate n'en croyait pas ses oreilles. La scène devenait de plus en plus surréaliste ! Voilà qu'il jouait les psychologues maintenant, lui le truand qui était venu faire sa fête au trafiquant de drogue-maître chanteur ! On croyait rêver…

— Je me cache seulement quand je pénètre dans un lieu par effraction, répliqua-t-elle.

Elle se mordit la lèvre. Dans sa position, l'ironie était un luxe qu'elle ne pouvait pas vraiment se permettre. Changeant de tactique, elle s'efforça d'adopter un ton conciliant :

— Ecoutez, en toute franchise, je ne connais pas votre ami. Alors pourquoi ne pas me laisser partir et…

— Mon ami ? *Por Dios !*

Kate recula d'un pas, puis de deux, devant la réaction furieuse de son interlocuteur. Le deuxième homme se racla alors ostensiblement la gorge. Kate jeta un coup d'œil par-dessus son épaule et constata qu'il s'était campé devant la porte — l'unique issue —, bras croisés sur sa poitrine massive.

— Si nous la laissons partir, intervint celui-ci, elle va prévenir Gonzales que nous sommes à sa recherche.

Kate paniqua en croyant saisir le sous-entendu.

— Je vous préviens, si vous essayez de me retenir, si vous posez la main sur moi, je vais hurler et faire tant de tapage que…

— Je ne vous le conseille pas, coupa l'autre. Un client ou un membre du personnel risquerait d'appeler la police.

— Excellente nouvelle ! Dans ce cas, inutile d'attendre…

Sur ces mots, elle décrocha le téléphone posé sur la commode et lui tendit le combiné. Ce geste le prit au dépourvu. Peut-être se conduisait-elle de manière idiote mais, à la réflexion, elle était quasi certaine que les larmes et les supplices n'auraient aucun effet sur lui.

— Et je serai bien entendu obligé de confier ceci aux policiers, fit-il remarquer en agitant les négatifs sous son nez.

— Vous imaginez qu'ils croiront vos histoires ? Excusez-moi, mais je pense avoir un peu plus de crédibilité vis-à-vis d'eux.

Pour une obscure raison, cette affirmation déclencha l'hilarité de Javier. Il se reprit quand elle le fusilla du regard, mais il était manifeste qu'il ne se sentait nullement menacé par une éventuelle intervention des forces de l'ordre. Sans doute parce qu'il masquait ses activités illégales sous une façade honorable ? supposa-t-elle.

— Je suis digne de foi, vous savez ! insista-t-elle.

32

— Vous êtes très convaincante dans votre rôle, mais je crains que la police n'exige des preuves concrètes de ce que vous avancez.

— Vous voulez une preuve ? Très bien !

Avec un sourire triomphant, Kate sortit de sa poche sa carte bancaire et la brandit.

— Voilà, c'est moi : K. M. Anderson. Je partage un bungalow avec… quelqu'un, acheva-t-elle vaguement, décidée à ne pas impliquer Susie dans cette sordide affaire.

— Pardon, mais qui me dit que vous ne l'avez pas volée ? Etant donné les circonstances, c'est même plus que probable.

La poitrine de Kate se gonfla sous l'effet de l'indignation, ce qui n'échappa pas à son interlocuteur dont le regard plongea aussitôt sur cette partie de son anatomie. A sa grande horreur, Kate sentit la pointe de ses seins se dresser sous le sweat-shirt.

Pour occulter son corps qui la trahissait si honteusement, elle s'écria avec véhémence :

— S'il y a une chose que je déteste, c'est bien un homme qui n'arrive pas à regarder une femme dans les yeux quand il s'adresse à elle !

Dans la seconde, le regard bleu acier se focalisa sur son visage. Un gloussement s'éleva dans la pièce. Il provenait du sbire toujours en faction devant la porte.

— Je n'ai pas volé cette carte bancaire, elle m'appartient, reprit Kate, têtue. Je l'ai prise au cas où la porte résisterait…

— Eh bien ! Vous êtes décidément une femme pleine de ressource ! Mais vous ne m'avez toujours pas dit ce que vous faisiez ici.

— Et vous ? Il me semble évident que vous n'étiez pas non plus invité. Dans ce cas…

— Chut !

Portant l'index à ses lèvres, il l'avait réduite au silence d'un ton péremptoire. Sourcils froncés, il se tourna vers son compagnon.

— Serge ? Tu n'as rien entendu ?

Il était sur le qui-vive, sans paraître inquiet pour autant. Au contraire, Kate crut percevoir une certaine excitation en lui, comme s'il se réjouissait du danger à venir. Bon ! elle était tombée sur une de ces têtes brûlées qui raffolent des émotions fortes. Bien souvent, elle avait remarqué ce penchant allié à un mépris total des règles en vigueur chez certains de ses clients, des marginaux pour la plupart qui, s'ils avaient réussi à canaliser leur énergie, auraient pu devenir d'excellents hommes d'affaires. Ou encore de brillants avocats, comme elle.

— C'est peut-être Gonzales. Eteins la lumière, Serge !

La pièce se trouva brutalement plongée dans l'obscurité. Un bruit de pas s'éleva au-dehors. Kate sentit une décharge d'adrénaline fuser en elle. L'occasion tant attendue se présentait enfin !

Elle ouvrit la bouche pour crier à l'aide... mais n'eut pas le temps de produire le moindre son. Une large main se plaqua sur sa bouche, tandis qu'on lui ramenait le bras dans le dos.

— Pas question de prévenir votre amant, ma belle ! chuchota la voix à l'accent espagnol près de son oreille.

Hors d'elle, elle réussit à le mordre jusqu'au sang. Il ne cria pas, néanmoins son étreinte se relâcha, juste assez pour permettre à Kate de se libérer d'une brusque bourrade. Plus résolue que jamais, elle s'élança et, tête baissée tel un sprinter jaillissant de son starting-block, se précipita vers la porte.

3.

Kate ouvrit les yeux et gémit avant de jeter un regard circonspect autour d'elle. Elle n'avait pas l'habitude de se réveiller dans un lit inconnu, dans une chambre étrangère. Et cette nouvelle expérience ne lui plaisait pas du tout.

Voyons, elle ne souffrait pas d'amnésie. Elle se souvenait parfaitement de son nom. Elle pouvait même réciter par cœur son numéro de sécurité sociale. Simplement, elle ne se rappelait plus les événements qui l'avaient amenée dans ce lit. C'était peut-être banal pour certaines filles mais, chez elle, il s'agissait d'un choc !

Pas de panique, s'enjoignit-elle en fermant de nouveau les yeux. Il y avait sûrement une explication très logique à ce qu'elle vivait. Seul petit problème : elle n'arrivait pas à mettre ses idées en ordre pour réfléchir…

Bon, elle avait quitté Londres, elle avait pris l'avion pour Palma et durant la moitié du vol, elle avait tenu dans ses bras le bébé d'une jeune femme épuisée qui voyageait avec deux autres petits enfants turbulents. La mère l'avait chaudement remerciée ; quant au bébé, il avait exprimé sa gratitude en vomissant sur son tailleur.

Un doute horrible s'empara soudain de Kate. Et si elle n'était pas seule dans ce lit ?

Retenant son souffle, elle glissa la main derrière elle et tâtonna avec précaution sur le drap. Ouf ! personne.

Javier pénétra dans la chambre à cet instant précis et surprit son geste. Il devina aussitôt la raison de son inquiétude et réprima un sourire amusé. Puis, un trouble curieux l'envahit. Et si, au lieu de rencontrer le vide, sa main avait touché son propre corps ? ne put-il s'empêcher d'imaginer. Kate — elle s'appelait Kate, il l'avait appris entre-temps — se serait alors tournée vers lui, bras tendus, un sourire d'invite sur les lèvres…

Mais non, inutile de rêver. Etant donné les circonstances, elle aurait plus probablement saisi l'objet contondant le plus proche pour tenter de l'assommer !

Toujours aussi désorientée, Kate leva les yeux vers le large ventilateur qui brassait l'air au-dessus du lit. Il y avait exactement le même dans le bungalow de ses parents… Mais oui, bien sûr ! Elle était au club-hôtel. Pourtant, cette chambre n'était pas celle qu'elle partageait avec Susie.

— Oooh, j'ai mal à la tête ! se plaignit-elle à voix haute.

— Ça ne m'étonne pas.

Kate fit un bond et se retrouva assise sur le lit.

— Vous ! s'exclama-t-elle, tandis que la mémoire lui revenait d'un coup. Comment… comment suis-je arrivée ici ? Enlèvement, séquestration de personne… vous savez, ce sont des crimes en Angleterre !

— En Espagne aussi.

L'homme — comment s'appelait-il, déjà ? Ah, oui : Javier ! — ne semblait nullement désarçonné. Il la considérait d'un air indulgent et vaguement amusé qui la mit encore plus en colère. Elle avait affaire à un criminel endurci, prêt à tout et dénué de scrupules, quelqu'un pour qui la vie humaine ne comptait pas. Sans doute la prenait-il pour une droguée dont la disparition ne ferait pas la moindre vague ?

— On va me chercher... la police doit être déjà prévenue...

Elle voulut se lever, mais la douleur fusa de nouveau
dans son crâne. Avec un gémissement, elle porta la main à
ses tempes. L'instant d'après, le matelas s'enfonçait sous le
poids de l'homme qui venait de s'asseoir auprès d'elle. Kate
se raidit en percevant son odeur virile. Il s'approchait un peu
trop à son goût !

— Inutile d'avoir peur, je ne vous ferai pas de mal, dit-il.
Vous devriez vous allonger. Vous avez reçu un bon coup sur
la tête.

— Grâce à vous, j'imagine ?

— En réalité, vous avez foncé tête la première dans une
armoire en acajou. Un bois très solide.

— Comment cela ? Je... je ne me souviens pas très bien
de...

Il tendit la main et elle tressaillit en sentant ses doigts
repousser une mèche de cheveux sur son front.

— Vous avez une sacrée bosse, commenta-t-il. Il faisait
nuit et, à en juger par vos verres de lunettes, vous êtes myope
comme une taupe.

— Vous avez mes lunettes ? Puis-je les récupérer, s'il vous
plaît ? Je vous en prie... Sans elles, j'ai l'impression... d'être
toute nue.

Elle n'avait pas trouvé d'expression plus explicite pour
traduire la vulnérabilité qu'elle éprouvait. Un sentiment qui
devait être totalement étranger à un individu aussi gâté par la
nature. Génétiquement parlant, il devait être parfait. Tandis
qu'elle nageait dans le brouillard.

— Je suis désolé, j'ai marché dessus dans le noir, répondit-il
sans le moindre signe de contrition.

— Oh ! Vous l'avez fait exprès !

Il ne parut pas entendre son accusation et murmura :

— Il paraît que quand on a une mauvaise vue, les autres sens sont exacerbés…

De nouveau, il lui frôla la tempe du bout des doigts. En réaction, les petits cheveux de sa nuque se hérissèrent, tandis qu'une vague de chaleur l'assaillait brusquement. Bon sang, que lui arrivait-il ? S'agissait-il de cette affinité bizarre qui rapprochait parfois les ravisseurs de leurs victimes ? Mais non, inutile de se voiler la face. Elle éprouvait tout simplement un désir physique intense, c'était aussi simple que cela.

Comment pouvait-elle être attirée par un vulgaire criminel, aussi séduisant soit-il ? s'interrogea-t-elle avec consternation.

— Moi, par exemple, quand je ferme les yeux, je suis beaucoup plus attentif aux sensations tactiles, poursuivit-il de sa voix au timbre si sexy.

Le cerveau de Kate projeta immédiatement une suite d'images sulfureuses : Javier fermait les yeux et il était nu, bien sûr ; son large torse à la peau luisante de sueur…

Elle sursauta, retint un petit cri de colère dirigée contre elle. Ce type était beau comme un dieu, soit ! Et viril. Et sexy. Ce n'était quand même pas une raison pour fantasmer sur lui et perdre la tête !

— Je ne peux pas vous rendre vos lunettes, mais je peux vous prêter ceci si vous voulez vous sentir moins nue, ajouta-t-il.

Le regard de Kate tomba sur la chemise de nuit qu'il lui tendait. Une suspicion affreuse s'insinua dans on esprit. Etait-elle… ? Redoutant le pire, elle baissa les yeux sur son propre corps.

Elle portait au moins son soutien-gorge et son slip.

— Vous… vous m'avez déshabillée ! s'exclama-t-elle avec indignation.

— Bien sûr. Vous étiez brûlante.

Elle l'était en tout cas actuellement. De honte ! D'un geste vif, elle saisit le drap qu'elle remonta jusqu'à son menton. Javier poussa un soupir agacé.

— C'est bien le moment de faire la prude ! Il y a des femmes sur la plage qui en montrent beaucoup plus, vous savez. A moins que… vous n'ayez peur d'enflammer ma concupiscence ? Rassurez-vous, je sais me contrôler ! affirma-t-il avec un petit rire.

Kate le fusilla du regard. Traduit en clair, elle n'était pas son genre ! Quel mufle ! D'ordinaire, elle enviait la silhouette si féminine de sa sœur mais là, elle aurait volontiers vendu son âme au diable pour qu'il la dote de la musculature nécessaire pour casser la figure de ce sale type arrogant !

— Bien sûr, vous êtes d'une moralité à toute épreuve, je suppose ! ricana-t-elle. Truand, kidnappeur, assassin… mais parfaitement intègre !

— Vous délirez, ma parole. Et je vous conseille de baisser d'un ton. Vous ne devez pas vous agiter. Figurez-vous que je vous ai dévêtue parce que les conditions climatiques l'exigeaient. Votre tenue convenait parfaitement pour cambrioler un bungalow, mais pas vraiment pour dormir !

— Vous me traitez de voleuse ? s'enquit Kate, outrée.

— Vous n'en êtes pas une ?

— L'habit ne fait pas le moine !

— Mais il n'y a pas de fumée sans feu !

Kate eut un petit sursaut de surprise.

— Eh, vous maîtrisez vraiment bien l'anglais…

Puis, elle secoua la tête, confondue par l'incohérence de son propre comportement. On l'avait assommée, enlevée, et voilà qu'elle était au lit, quasi nue face à son ravisseur, et qu'elle ne trouvait rien de mieux à faire que de le complimenter sur ses talents linguistiques !

— Les Britanniques sont vraiment incroyables ! murmura-t-il en la dévisageant avec perplexité.

— Pardon ?

— Vous n'avez rien perdu de vos habitudes colonialistes. Vous refusez d'apprendre une autre langue que la vôtre, mais vous vous gaussez de l'accent des étrangers.

Kate ne put s'empêcher d'être mortifiée par l'interprétation qu'il faisait de sa remarque irréfléchie. Elle songea également que la pointe d'accent qui perçait dans sa voix n'avait rien de risible. Bien au contraire, elle accentuait son charme ravageur.

— Ce n'est pas ce que je voulais dire, protesta-t-elle. Et puis, vous exagérez. Tous les Anglais ne sont pas comme ça. Vous les connaissez mal...

Elle se tut brusquement. Pourquoi se défendait-elle autant ? Après tout, elle n'avait que faire de son opinion.

— Il se trouve que j'ai fait mes études en Angleterre, répliqua-t-il.

— Dans un pensionnat ?

Bizarre. Cela supposait un milieu familial plutôt aisé. Ce qui expliquait sans doute d'où lui venaient ses manières impérieuses, maintenant qu'elle y réfléchissait. Alors, pourquoi avait-il si mal tourné ? Avait-il choisi l'illégalité de son propre gré ou bien des circonstances malheureuses l'y avaient-elles contraint ? Quel dommage qu'une personne dotée d'un tel potentiel se soit fourvoyée dans le crime...

— Vous n'avez pas l'air d'aimer les pensionnats, fit-il remarquer.

— Si j'avais des enfants, je ne les enverrais pas au loin dans un internat durant l'année scolaire...

De nouveau, elle s'interrompit. Comme si son ravisseur trouvait un intérêt quelconque à ses idées sur l'éducation ! Ils avaient vraiment la plus étrange des conversations...

— Le pensionnat m'a fait du bien, vous savez. Ce n'est pas un mauvais souvenir.

— Et regardez où cela vous a mené : tout droit au grand banditisme, au kidnapping, avec une peine de quinze ans de détention à la clé !

— Voulez-vous dire que si je vous laisse partir, vous courrez au poste de police le plus proche pour me dénoncer ?

Kate déglutit laborieusement. Une fois de plus, elle avait parlé trop vite.

— Je ne peux aller à la police sans m'incriminer moi-même, objecta-t-elle enfin.

— Bien sûr. Vous avez un casier judiciaire déjà tellement chargé !

— Pas exactement, mais… Dites-moi, vous êtes vraiment espagnol ?

— C'est ce que j'appelle changer de sujet !

— Je suis curieuse, c'est tout…

— Vous vous intéressez à mes ancêtres ?

— Ce sont vos yeux… hum… Ils sont si bleus ! C'est plutôt inhabituel chez quelqu'un d'aussi typé et…

— Je sais. Ma grand-mère était écossaise.

— Il n'est jamais trop tard, vous savez…, s'entendit-elle dire tout à coup.

— Pour quoi faire ?

Il avait redressé le buste et, bras croisés sur la poitrine, la fixait maintenant avec ironie. Kate se réfugia à l'autre bout du lit, le plus loin possible. Voilà, c'était plus fort qu'elle, il fallait toujours qu'elle tente de réhabiliter même les cas les plus désespérés… Quand donc apprendrait-elle à se résigner ? Ses amis et collègues se moquaient gentiment d'elle à ce propos : « Le problème de Kate, c'est qu'elle ne sait pas reconnaître les causes perdues ! »

— Eh bien... pour faire autre chose... exercer un vrai métier... une activité légale, répondit-elle enfin d'une voix enrouée.

— Vous voulez me réinsérer dans la société ?

Une expression sidérée passa sur ses traits, teintée d'un autre sentiment indéfinissable. Elle haussa les épaules.

— Si vous préférez finir vos jours en prison, cela vous regarde ! rétorqua-t-elle. Maintenant, rendez-moi mes vêtements. Il faut que je parte...

— Pure curiosité de ma part, mais que feriez-vous si je vous répondais que c'est impossible ?

L'espace d'un instant, Kate songea que c'était précisément ce qu'elle désirait. La seconde suivante, sa raison reprit le dessus, néanmoins l'ambivalence de sa réaction la perturba. Elle s'éclaircit la voix.

— Si je vous le disais, je perdrais le bénéfice de l'effet de surprise, répliqua-t-elle. Et je crois que, dans ma position, je ne peux pas compter sur grand-chose d'autre...

A sa grande surprise, il rejeta la tête en arrière et éclata d'un rire chaud et sensuel.

— Oh, non, croyez-moi, vous avez beaucoup plus que cela ! En tout cas, je n'ai jamais rencontré une femme aussi franche et directe. C'est assez... désarmant.

Il n'avait pas du tout l'air désarmé, plutôt pensif, voire préoccupé.

— Ecoutez, je voudrais juste récupérer mes vêtements et...

— Si le médecin est d'accord pour que vous vous leviez, pas de problème.

— Le médecin ? Quel médecin ?

A cet instant, un bruit de voix s'éleva derrière la porte qui s'ouvrit dans la foulée.

— Le voici.

Ce n'est pas un médecin qui apparut sur le seuil mais la brute que Kate connaissait sous le nom de Serge. A la lumière du jour, celui-ci semblait beaucoup moins patibulaire et, comme il tournait vers elle un visage souriant, elle ne put s'empêcher de lui rendre son sourire, bien que stupéfaite qu'il la salue de manière si avenante.

Elle se reprit bien vite et, hautaine, pivota vers Javier.

— Vous avez appelé un médecin ? articula-t-elle.

— Oui.

— Je comprends. Avoir un cadavre sur les bras serait trop encombrant, même pour un homme tel que vous !

Ce ton fielleux lui fit hausser les sourcils. Il s'abstint pourtant de riposter et se leva à l'entrée de son complice.

— Eh bien, Serge, tu as été rapide.

— Je n'ai pas eu besoin d'appeler le médecin de garde. On m'a appris à la réception que le Dr Latimer avait passé la nuit ici après une soirée. Je suis allé le réveiller.

Un homme aux cheveux grisonnants apparut alors sur le seuil et précisa :

— Il m'a réellement tiré du lit, aussi j'espère que vous me pardonnerez mon apparence un peu négligée.

Kate posa un regard interloqué sur cet individu légèrement essoufflé, à la silhouette dégingandée, qui portait une sacoche de cuir noir.

— Bonjour, Javier, dit-il en échangeant une vigoureuse poignée de main avec le ravisseur de Kate.

— Conrad ! Comment allez-vous ?

Kate, qui avait tout d'abord redouté qu'un innocent médecin ait été contraint de venir à son chevet sous la menace d'un pistolet, se rendit compte que ces deux-là étaient amis de longue date.

— Content de vous voir, ajouta le praticien, avec dans la voix une note de respect qui acheva de dérouter Kate. Comment va votre grand-père ? J'ai cru comprendre qu'il songeait à prendre sa retraite ?

Javier se borna à sourire sans se prononcer. Le Dr Latimer enchaîna :

— Ce doit être dur pour quelqu'un comme lui de céder la place. Suit-il mes conseils, au moins ?

— Vous voulez dire : a-t-il cessé de fumer le cigare et de boire du cognac ? Fait-il régulièrement de l'exercice et suit-il son régime ? Voyons, Conrad, qu'espériez-vous donc ?

— Que voulez-vous, ma femme me reproche toujours d'être un grand naïf ! Moi, j'appelle cela de l'optimisme.

Le médecin rit de bon cœur, puis reporta son attention sur Kate qui, recroquevillée à l'autre bout du lit, tentait de donner un sens à cette conversation. Avait-elle échoué dans une famille de la mafia gouvernée par un parrain amateur de cigares et de cognac ?

— Voilà ma patiente, je suppose ? s'enquit le Dr Latimer.

— Oui. Je vous présente Mlle Anderson. Elle a reçu un méchant coup sur la tête. N'est-ce pas, Kate chérie ?

Kate, qui ne se souvenait pas lui avoir révélé son identité, ne put s'empêcher de tiquer en l'entendant prononcer son nom. Et elle sursauta carrément lorsqu'il ponctua sa phrase de ce mot affectueux !

— A-t-elle perdu connaissance ? s'enquit le médecin.

— Elle est restée sonnée quelques minutes. Et, j'ignore si cela a un rapport, mais j'ai l'impression qu'elle a de la fièvre. Hier soir déjà, sa peau était chaude au toucher.

Kate se rebiffa :

— Non, je n'ai pas de fièvre ! D'ailleurs, de quoi vous mêlez-vous ? Je suis parfaitement en mesure de répondre moi-même aux questions qui me concernent !

Les deux hommes échangèrent un regard entendu, comme s'ils avaient affaire à une gamine capricieuse.

44

— Mais bien sûr, bien sûr…, acquiesça le médecin avec une jovialité forcée qui devait être chez lui une déformation professionnelle.

Pour parfaire le tableau, il tira de sa poche une paire de lunettes en forme de demi-lunes. Si Kate avait craint d'avoir affaire à un charlatan, elle pouvait être rassurée. Ce type était vraiment médecin ! On pouvait parier qu'il avait une écriture illisible.

— Tout cela est ridicule ! s'écria-t-elle. Je n'ai pas besoin d'un médecin. Je vais très bien. Je…

— Ne vous énervez pas, Kate, l'interrompit Javier.

Furieuse, elle se dressa, les poings serrés sur le drap qu'elle maintenait sur son buste.

— M'énerver ? M… m'énerver ? bégaya-t-elle. J'ai bien le droit de m'énerver, il me semble ! Et ne me regardez pas comme ça !

Leurs regards se croisèrent et s'affrontèrent. Elle pointa le menton avec défi, résolue à ne pas baisser les yeux la première. Près du lit, le Dr Latimer se racla la gorge et suggéra :

— Javier, il serait peut-être préférable que vous quittiez la pièce…

Le regard bleu à l'éclat ironique se détacha enfin de celui de Kate pour se tourner vers le médecin.

— Très bien, concéda-t-il. Si vous avez besoin de quoi que ce soit, n'hésitez pas. Nous serons juste à côté, Serge et moi.

— Ensuite, je jetterai un coup d'œil à cette plaie que vous avez à la main. Elle a besoin d'être désinfectée et bandée.

Kate vit Javier porter lentement la main à sa bouche. Une brusque sensation de chaleur lui sauta aux joues, comme elle se remémorait l'instant où elle avait planté ses dents dans sa chair.

— Oui, c'est un chat sauvage qui m'a donné du fil à retordre, murmura-t-il.

— Vous auriez mieux fait de le laisser tranquille ! répliqua Kate, acide.

Le médecin, inconscient de leurs sous-entendus, se borna à émettre une remarque sur le nombre croissant d'animaux qui vagabondaient dans les rues.

— Vos rappels antitétaniques sont à jour, au moins ? s'enquit-il encore.

Javier acquiesça d'un bref signe de tête et, sans rien ajouter, quitta la chambre en compagnie de Serge.

4.

A peine la porte se fut-elle refermée que Kate repoussa le drap pour se lever d'un bond. Autour d'elle, les murs de la chambre se mirent à tourner à toute allure et elle dut se retenir au montant du lit.

— Oh… je me suis peut-être levée trop vite, murmura-t-elle.

— Vous vous êtes levée tout court et c'est cela qui ne va pas, corrigea gentiment le Dr Latimer.

— Vous ne comprenez pas… Je dois partir d'ici, le plus vite possible ! Vous… vous êtes anglais ?

— Oui. En semi-retraite. Ma femme et moi passons la majorité de l'année dans notre villa de Majorque. Elle est située dans un endroit magnifique, tout près de Pollensa. Quand vous irez mieux, vous devriez demander à Javier de vous y emmener. Enfin, s'il en a le temps…

Kate le dévisagea avec incrédulité. Visiter la région en compagnie de Javier ? Si ce dernier avait un créneau disponible entre… quoi ? Un hold-up et un règlement de comptes ? Pour qui donc la prenait ce médecin ? Pour la dernière poupée du caïd local ?

— Et si nous nous occupions de vous ? proposa-t-il. Asseyez-vous… voilà. Montrez-moi ce crâne… Oh, vous avez une belle bosse ! Pardonnez-moi, c'est encore douloureux ? Comment cela s'est-il produit ?

— Il paraît que j'ai foncé dans une armoire.

— Vous êtes une petite demoiselle bien impétueuse !

— Je ne l'ai pas fait exprès ! répliqua-t-elle, excédée par son ton paternaliste.

— Non, bien sûr. Ce genre d'accident survient souvent. Heureusement, vous étiez avec Javier. Personne ne gère mieux que lui les situations de crise.

Kate faillit s'étouffer sous l'effet de l'indignation.

— Ça, on peut dire qu'il est compétent dans son domaine ! railla-t-elle avec colère.

— Les Montero ont tous beaucoup de charisme. Cela dit, Javier est sans doute le plus fascinant du clan.

Quel clan ? Kate n'osa poser la question. Javier Montero… Ce nom lui disait quelque chose, en effet. Où l'avait-elle entendu ? Décidément, son cerveau fonctionnait au ralenti.

— Vous le connaissez depuis longtemps ? s'enquit le médecin qui braquait une petite lampe en forme de stylo vers sa pupille.

— Non… Cela va vous paraître étrange, docteur, mais…

— Des nausées ? Des troubles de la vision ?

— Non, non. Ce que je voudrais savoir, c'est…

— Oui, ma chère ? fit-il distraitement tout en vérifiant ses réflexes.

— Où suis-je ?

Conrad Latimer rangea son stéthoscope dans sa sacoche. En professionnel averti, il faisait attention à ne jamais trahir son étonnement devant les malades, aussi aberrant que soit leur comportement.

— Il n'est pas rare d'être désorienté après un choc, commença-t-il prudemment. Dites-moi au juste de quoi vous vous souvenez ?

48

— Je n'ai pas perdu la mémoire. Je me rappelle parfaitement les circonstances de l'accident. Simplement, je ne sais pas où je suis.

— Eh bien, au même endroit qu'avant l'accident, j'imagine : dans la suite nuptiale du club-hôtel.

— La *quoi* ?!

— La suite nuptiale. Vous verrez, cela vous reviendra petit à petit. Donnez-vous juste un peu de temps.

— Mais je n'ai jamais dormi dans la suite nuptiale, j'en suis absolument certaine ! Je ne suis pas en lune de miel. Je suis… en plein cauchemar !

Le médecin eut un petit rire.

— En lune de miel ! répéta-t-il. Non, je ne pense pas, effectivement. Sinon, cela aurait déjà fait les gros titres des journaux.

— Ah bon ?

Il rit de plus belle. Puis, soudainement, toute trace d'hilarité disparut de son visage débonnaire.

— Ne croyez surtout pas à de la curiosité mal placée de ma part ! s'alarma-t-il. Je sais à quel point Javier protège sa vie privée et vous avez certainement le même souci. Franchement, je ne m'intéresse pas à votre relation. Vous êtes son invitée et ma patiente, point final. Je vous promets de ne dire à personne que vous résidez ici.

Ce fut au tour de Kate de rire en entendant ces paroles censées la rassurer. Décidément, elle ne comprenait rien à ce qui se passait !

— Je n'ai aucune relation avec ce Javier Montero. D'ailleurs…

Une voix familière retentit alors derrière la porte de la chambre, interrompant Kate au beau milieu de sa protestation :

— Elle est ici ? Katie chérie !

— M… maman ?

Ce coup sur la tête devait être plus sévère qu'elle ne l'avait cru de prime abord. Elle avait sûrement un traumatisme crânien ! Voilà qu'elle entendait la voix de sa mère, maintenant !

Mais, la seconde suivante, la porte s'ouvrait pour lui prouver qu'il ne s'agissait pas d'une hallucination auditive. Elizabeth Anderson fit irruption dans la pièce.

— Ma chééérie !

Kate se trouva aussitôt serrée contre la poitrine maternelle nimbée d'un parfum hors de prix. Sa surprise s'accrut. Sa mère n'avait jamais été très démonstrative et seule Susie, « la petite dernière » avait encore droit à des effusions de ce genre.

— Comment as-tu su que j'étais ici ? demanda-t-elle quand sa mère consentit enfin à la laisser respirer.

— Javier est venu nous prévenir, bien entendu. Quel homme charmant ! Vilaine fille ! gronda gentiment Elizabeth en agitant l'index. Pourquoi nous as-tu caché que vous étiez…

Elle s'interrompit, jeta un coup d'œil en direction du médecin, puis, avec un regard de connivence sous ses longs cils si semblables à ceux de Susie, poursuivit :

— … *amis* ? Enfin, je ne savais même pas que vous vous connaissiez ! Je suppose que c'est pour cela que tu as quitté la table si tôt, hier soir, après le dîner. Tu voulais le rejoindre.

Elizabeth émit un gloussement qui acheva d'exaspérer Kate.

— Pourquoi es-tu si cachottière, Katie chérie ? Tu ne craignais tout de même pas notre réprobation ? Nous sommes ravis pour toi…

— Tu es *contente* que je le connaisse ?

— Katherine Mary Anderson, enfin ! Parfois, je me demande ce qui te passe par la tête ! Les Montero comptent parmi les familles les plus illustres du continent européen.

— Oh, Seigneur ! gémit Kate.

Le jour se faisait dans son esprit. De mafioso régnant sur un univers interlope, Javier devenait soudain un membre d'une dynastie puissante et séculaire : celle des Montero… Voilà pourquoi ce nom lui disait quelque chose !

— Tu as toujours été un peu secrète, lui reprocha gentiment sa mère. Toi et ton père, vous êtes si sérieux, parfois ! Il m'a juré qu'il n'était au courant de rien… Est-ce vrai ? Tu ne lui avais rien dit ?

Sans même attendre la réponse, Elizabeth Anderson pivota sur elle-même pour admirer la chambre.

— La suite nuptiale ! Eh bien, eh bien ! s'exclama-t-elle d'un ton chargé de sous-entendus.

Kate se sentit pâlir. Connaissant sa mère, elle voyait d'ores et déjà ce que celle-ci allait imaginer. Aux yeux d'Elizabeth, une femme n'avait besoin que d'un mari pour s'estimer comblée dans l'existence, et toute célibataire de plus de trente ans pouvait légitimement douter de ses prétentions à la séduction. Heureusement, Kate avait eu la paix avant d'avoir atteint cet âge fatidique, car ses parents avaient préféré concentrer leurs efforts sur leur cadette, beaucoup plus docile et perméable à ce genre de raisonnement.

— Maman, je t'en prie, ne va pas tirer des conclusions hâtives, plaida-t-elle. J'ai été victime d'un accident et il a été plus commode de…

Elizabeth avait plus que jamais l'oreille sélective. Elle continua de s'extasier sur le décor de la chambre :

— Comme c'est charmant ! Très chic, très original. Et d'un goût ! Regarde ce jacuzzi sur la terrasse qui surplombe la mer : c'est la réplique exacte de celui que nous avions ton père et moi à la Jamaïque, l'année dernière. C'est si agréable de se baigner dans les bulles en écoutant le bruit de la mer !

En dépit de son irritation, Kate ne put s'empêcher d'être séduite par l'image. Elle avait chaud, elle était en nage, et l'idée d'immerger son corps nu dans une eau fraîche, d'oublier la voix aiguë de sa mère pour se laisser bercer par le clapotis des vagues, lui apparut comme le summum de la félicité…

Elizabeth reporta son attention sur le médecin à qui elle adressa son sourire le plus affable :

— Alors docteur, comment va-t-elle ? Personnellement, elle me paraît un peu hébétée…

Kate retint son souffle. Hébétée ? Il y avait de quoi ! Cet homme qu'elle avait pris pour un sinistre prince du crime était en réalité un magnat des affaires, une célébrité dont les journaux du monde entier, de New York à Istanbul, retraçaient les faits et gestes.

Naturellement, elle voyait maintenant la présence de Javier dans le bungalow du maître chanteur sous un tout autre jour. Contrairement à Kate, il avait tous les droits de se trouver là. Après tout, il était propriétaire du club.

Elle sentit une sueur froide courir le long de sa nuque. Jamais, de toute sa vie, elle ne s'était sentie si mortifiée ni désemparée.

— Ce qu'il fait chaud ici ! se plaignit-elle en fermant les yeux.

— Tu trouves ? s'étonna sa mère. Pourtant, le système d'air conditionné fonctionne à plein régime. J'ai presque froid. J'ai pourtant mis ma veste, mais…

Conrad Latimer lui coupa la parole :

— Votre fille a reçu un coup sur la tête. Il lui faut avant tout du calme et du repos. Je vous suggère donc de la laisser dormir et tout rentra rapidement dans l'ordre.

Kate lui lança un regard reconnaissant. Même si elle aimait beaucoup sa mère, il fallait reconnaître que celle-ci se révélait souvent usante. Déjà, elle avait la migraine…

— Par mesure de précaution, je vais lui prescrire une radio du crâne. Javier s'en occupera, j'en suis sûr. Ce qui m'inquiète le plus, c'est cette légère fièvre…

— J'ai juste un peu chaud…

— Mais votre gorge est enflammée et vos ganglions gonflés, ce qui laisse croire que vous souffrez d'une infection.

Surprise, Kate fit doucement glisser ses doigts sur sa gorge et découvrit que cette zone était effectivement douloureuse. Jusqu'à présent, elle n'y avait pas prêté attention.

— Il s'agit sans doute d'un virus, commenta le médecin. Avez-vous récemment été en contact avec une personne atteinte de la grippe ou d'une maladie de ce style ?

Le visage d'Elizabeth se décomposa soudain. Elle esquissa un mouvement pour s'éloigner du lit. Amusée, Kate répondit :

— Non, pas à ma connaissance… Attendez ! Dans l'avion, j'ai tenu un bébé sur mes genoux. Maintenant que j'y pense, il n'avait pas l'air très en forme. Il était grincheux, sa figure était toute rouge…

— Voilà sans doute l'explication. L'atmosphère confinée des avions est un excellent moyen de propagation pour ce genre d'affection.

La mère de Kate, qui venait de se palper discrètement le cou, secoua la tête :

— Vraiment, Kate, tu ne changeras jamais ! Tu aurais dû réfléchir avant d'approcher un gamin morveux ! Cela fait des mois que ton père attendait ces vacances. Imagine qu'il contracte ton virus et tombe malade !

— Je suis désolée, murmura piteusement Kate.

— J'irai me plaindre à la compagnie aérienne !

Une voix masculine s'éleva soudain derrière la porte :

— Es-tu décente ? Puis-je entrer ?

— Oui, papa, entre, acquiesça Kate.

Soulagée de cette interruption, elle accueillit son père d'un large sourire. Jovial, bon vivant, Charles Anderson ne correspondait pas vraiment à l'idée que les gens se faisaient en général d'un sévère juge à la cour.

Après s'être assuré que son aînée n'était pas à l'article de la mort, il s'approcha d'elle, bras tendus, et lui saisit les mains.

— Alors, qu'est-ce qui t'arrive, ma poussinette ?

Une vague d'émotion embua les yeux de Kate. Cela faisait des années que son père n'avait pas employé cet affectueux sobriquet.

— Charles, recule ! Elle est contagieuse ! s'écria sa mère.

— Mais non, voyons. Depuis quand les coups sur le crâne seraient-ils contagieux ?

Kate songea néanmoins que sa mère réagissait avec un certain bon sens. Elle s'en serait terriblement voulu de gâcher les vacances de son père.

— Elle a raison, papa. Je…

Elle s'interrompit au moment où la haute silhouette de Javier Montero s'encadrait dans l'embrasure de la porte. Comme il s'immobilisait à côté de son père, elle se rendit compte qu'il le dépassait d'une dizaine de centimètres. Il devait mesurer près d'un mètre quatre-vingt-dix !

A présent, elle comprenait mieux pourquoi il arborait en permanence cet air de supériorité. Toutefois, cela ne le rendait pas plus sympathique à ses yeux. Né pour commander, Javier Montero avait toutes les qualités pour remplir le rôle qui lui était destiné : il était suffisant, despotique et désagréable.

Il avait en tout cas une présence très charismatique, comme l'avait déclaré le Dr Latimer un peu plus tôt. L'atmosphère de la chambre s'était modifiée depuis qu'il avait fait son entrée. Sa vue éveilla l'hostilité de Kate. Vraiment, il s'était bien moqué d'elle ! D'ordinaire, elle avait le sens de l'humour et était la première à rire de ses erreurs, mais il y avait des limites ! Elle avait eu très peur, elle avait même cru son dernier jour arrivé et il s'était bien gardé de la détromper !

Dire qu'elle avait été jusqu'à lui conseiller de retourner dans le droit chemin !

Pleine de rancœur, elle jeta un regard accusateur au profil distingué de son hôte. Pourquoi l'avait-il sciemment induite en erreur ? Pourquoi ne s'était-il pas expliqué, comme n'importe quelle personne normale, au lieu de la laisser s'enfoncer dans ses délires mafieux ?

Javier surprit l'animosité de son regard et n'en fut nullement étonné. Il avait déjà compris que Kate Anderson était une jeune femme spontanée qui, selon la formule, « n'envoyait pas dire ce qu'elle avait à dire ». De ce fait, elle était très différente des femmes qu'il côtoyait et qui, la plupart du temps, lui disaient seulement ce qu'il voulait entendre — ou plutôt ce qu'elles *pensaient* qu'il voulait entendre. Il n'y avait rien de calculateur chez Kate qui ne se plaçait pas dans un rapport de séduction. Au contraire, elle semblait inconsciente de son charme. En revanche, on sentait qu'elle débordait d'intelligence et de volonté.

Bien que Javier admirât ces qualités chez un homme, il ne les recherchait pas chez une femme. Il était donc curieux qu'il se sente attiré par Kate. Bien sûr, elle possédait le genre de silhouette qu'il aimait : athlétique et cependant sensuelle. Et puis, il y avait ces yeux noisette en amande, à la beauté exotique, qui contrastaient tellement avec sa chevelure à la clarté scandinave…

Pour l'heure, la belle le fusillait du regard afin de lui faire comprendre sans ambages en quelle piètre estime elle le tenait. Il riposta d'un sourire aussi fugace que narquois, pour lui signifier à quel point il se délectait de son embarras.

Dans une réaction certes puérile, Kate refusa d'être la première à baisser les yeux. Ils se défièrent du regard une longue minute, avant que l'intervention du Dr Latimer ne fournisse enfin à la jeune femme un prétexte pour détourner la tête :

— Je viens d'ausculter votre fille, monsieur Anderson. Elle souffre d'une légère commotion et d'une affection virale sans gravité.

— C'est cet horrible gamin dont elle s'est occupée dans l'avion qui lui a transmis ses microbes ! précisa Elizabeth Anderson avec un reniflement outré.

— Ah, ma petite Katie ! Toujours aussi dévouée ! fit Charles en se penchant pour lui caresser les cheveux avec tendresse. Dis-moi, comment te sens-tu, ma chérie ?

— Ça va, papa, je t'assure.

Kate réussissait à respirer plus librement maintenant qu'elle n'était plus obligée de fixer le visage altier du conquistador. Celui-ci, qui venait d'échanger quelques mots à mi-voix avec le médecin, fit un pas en avant. Aussitôt, son autorité naturelle s'imposa à l'assemblée qui focalisa toute son attention sur lui.

Javier Montero s'inclina cérémonieusement devant Elizabeth Anderson qui, charmée par ces façons d'un autre âge, lui renvoya un sourire énamouré. Kate serra les poings. C'était ridicule ! Mais elle aurait dû deviner que sa mère se pâmerait d'admiration devant un personnage si célèbre… et fortuné !

— J'imagine, madame, que vous souhaitez demeurer auprès de votre fille ? s'enquit Javier. Malheureusement, pour des raisons évidentes, il n'y a pas d'autre chambre dans la suite nuptiale… Je vais donc faire apporter un autre lit ici. A moins que vous ne préfériez occuper le salon ?

— Oh, non ! Ne vous donnez pas cette peine…, bafouilla Elizabeth, avant de s'empêtrer dans des excuses confuses.

Kate saisissait parfaitement son dilemme : coincée dans son rôle de mère attentionnée, Elizabeth n'en était pas moins tétanisée à l'idée de jouer les infirmières. La mère comme la fille détestaient la maladie et les hôpitaux depuis le jour où Kate avait été ébouillantée.

— J'aimerais mieux retourner dans mon bungalow, intervint Kate précipitamment.

— Je ne sais pas si c'est raisonnable, objecta pensivement son père. Susie loge là-bas et puisque tu es contagieuse…

Kate se mordit la lèvre.

— Oh, bien sûr ! Je n'y avais pas pensé… Il vaut mieux que je reste en quarantaine quelques jours.

Javier Montero déclara alors :

— Bien entendu, vous pouvez rester ici aussi longtemps que vous le désirez, Kate.

Elle sentit des picotements sur sa nuque en l'entendant prononcer son prénom. Sans doute à cause de cette animosité spontanée qu'il éveillait en elle… Son premier réflexe fut de décliner sèchement l'invitation, mais elle se retint au dernier moment. Elle devait penser à sa sœur, à ses parents…

— C'est vraiment très généreux de votre part, monsieur Montero. N'est-ce pas, Kate ? dit Charles Anderson, qui semblait soulagé d'un grand poids.

— C'est bien le moins que je puisse proposer, insista Javier.

Kate esquissa un sourire crispé. Elle surprit la lueur moqueuse qui pétillait dans le regard bleu de son hôte et elle serra les dents, tandis qu'une appréhension sournoise lui nouait l'estomac. Elle n'avait pas le choix, elle était contrainte d'accepter son offre tandis que lui jubilait de la voir si mal à l'aise et impuissante.

Elle se promettait bien de lui rabattre son caquet dès qu'elle en aurait l'occasion !

— Oui, c'est vraiment… très généreux, acquiesça-t-elle du bout des lèvres.

Kate eut l'impression de patienter des heures entières avant qu'on ne consente à la laisser seule. Elle attendit que la porte se soit refermée sur le dernier visiteur pour — enfin ! — sortir du lit et se mettre en quête de la salle de bains.

La première porte qu'elle ouvrit fut celle d'un vaste placard. La deuxième cachait une penderie. Elle se dirigeait vers la troisième quand une voix mâle résonna derrière elle, la faisant sursauter :

— Qu'est-ce que vous fabriquez ? Vous devriez être au lit !

Main pressée contre son cœur palpitant, Kate fit volte-face et dut lever la tête pour dévisager Javier qui se tenait tout près d'elle. Comme son regard glissait sur elle, elle faillit, dans un réflexe de défense, croiser les bras sur sa poitrine. Puis elle se rappela qu'elle avait enfilé la chemise de nuit qu'il lui avait apportée et qui la couvrait du cou jusqu'aux chevilles.

— Mais… vous étiez parti ! s'exclama-t-elle, avant de se mordre la langue devant l'ineptie d'une telle remarque.

— Je suis revenu, de toute évidence. Je pensais que vous vous étiez rendormie.

Troublée par sa proximité, elle recula légèrement. Cet homme était trop viril, trop sûr de lui, trop… tout ! Qu'éprouvait-on quand on se réveillait face à ce visage magnifique ? se demanda-t-elle

58

soudain, avant de se rebeller contre le cheminement audacieux de ses pensées. Le virus bénin qu'elle avait contracté avait-il altéré sa santé mentale ?

— Et alors, que comptiez-vous faire ? Me tenir la main pendant que je dormais ? lança-t-elle avec brusquerie.

Elle exprimait sans remords son animosité. Tout à l'heure, devant ses parents, elle avait été obligée de faire bonne figure et d'accepter son hospitalité, mais maintenant, elle ne se donnerait pas le mal de jouer la comédie !

Un peu plus tôt, quand quelqu'un avait suggéré qu'elle soit transférée temporairement dans une clinique privée, elle avait objecté avec véhémence qu'il n'était pas question pour elle de passer un quelconque scanner, ni même une radio. Ensuite, elle avait dû endurer les explications de son père qui cherchait à excuser ce comportement irrationnel : l'accident domestique qui l'avait traumatisée, les nombreuses opérations de chirurgie esthétique et les greffes de peau qu'elle avait subies enfant… Excédée, Kate avait fini par l'interrompre en lui lançant un regard féroce. Même si elle avait effectivement la phobie du milieu hospitalier, elle ne souhaitait pas s'attarder sur le sujet devant un étranger comme Javier Montero.

— Je ne vais tout de même pas passer une nuit à l'hôpital à cause d'une simple bosse sur la tête ! avait-elle conclu d'un ton irrévocable.

Et voilà qu'à présent, Javier Montero revenait à la charge !

— Vous savez, les commotions cérébrales ont parfois des répercussions inattendues. Et puis, je me sens indirectement responsable de votre état, déclara-t-il en la regardant droit dans les yeux.

— Encore heureux ! Parce que vous êtes entièrement fautif !

Impassible, il poursuivit :

— Le Dr Latimer m'a prié de vous surveiller pour m'assurer que vous ne traversiez pas de phases d'incohérence. J'avoue ma perplexité. Etes-vous dans votre état normal ? Ou dois-je commencer à m'inquiéter ?

— Oh, très drôle ! Je suppose qu'en réalité, vous rôdiez dans le coin en espérant me voir trépasser d'une soudaine hémorragie interne ? Eh bien, désolée de vous décevoir, mais je me sens en pleine forme !

Elle mentait. Elle se sentait encore faible et, parfois, ses jambes flageolaient. Javier Montero ne daigna pas commenter sa tirade puérile. Néanmoins, d'un seul regard, il réussit à lui faire honte.

— Je ne pense pas que vous soyez en pleine forme, rétorqua-t-il tranquillement. Comme je vous l'ai dit, je me sens en partie responsable de ce qui vous arrive et il m'incombe de vous surveiller.

— Soyez sûr que si j'avais réellement besoin d'un garde-malade, ce n'est pas vous que je choisirais !

— J'entends bien, mais il semble que vous n'ayez pas d'alternative.

— Et la contagion ?

— Par chance, la nature m'a doté d'une constitution robuste. Je tombe rarement malade.

— Dommage !

Mais Kate perdait son temps et sa salive : son persiflage, loin de piquer Javier au vif, semblait juste l'amuser. Pourtant, elle attaqua encore :

— Je croyais que les gens comme vous ne s'occupaient pas des basses besognes, qu'ils se contentaient de claquer dans leurs doigts pour les faire exécuter par leurs employés.

— Les gens comme moi ? Qu'entendez-vous par là ?

— Les oisifs riches à millions.

— L'idée de fortune est relative. Vous-même n'avez pas l'air de sortir du ruisseau, si je puis me permettre. Et vous n'auriez sans doute pas connu la même réussite si…

— Quelle réussite ? Qu'en savez-vous ?

— Vos parents sont visiblement très fiers de vous.

Kate écarquilla les yeux sous l'effet de la surprise. Elle devait offrir une vision comique. Son père avait dû radoter sur les talents incroyables de sa chère fille, brillante avocate. Mon Dieu, quelle humiliation !

Bien sûr, elle avait eu une jeunesse privilégiée par rapport à certains, néanmoins elle avait travaillé très dur pour parvenir là où elle était aujourd'hui, et sans jamais se reposer sur la réputation de son père, bien que ce dernier, à une certaine époque, eût pu lui ouvrir bien des portes.

— *Mon père* est fier, corrigea-t-elle sèchement avant de regretter aussitôt cette remarque trop révélatrice.

— Non. Votre mère l'est également, même si elle préférerait que vous soyez bien mariée.

— Dans votre bouche, cela signifie mariée à quelqu'un de très riche, j'imagine ?

Cette fois, elle atteignit son but : il rougit de colère.

— Avez-vous toujours de tels préjugés sur les gens ? Pour une avocate, c'est plutôt embêtant ! Je ne faisais que relater la pensée de votre mère. Et, pour votre gouverne, sachez que je déteste l'oisiveté. Je m'ennuie très vite si je reste inactif.

Kate n'avait aucun mal à le croire sur ce point. On voyait tout de suite qu'il débordait d'énergie et on l'imaginait mal passant la soirée affalé dans un canapé devant la télévision.

Elle eut honte d'elle, tout à coup.

— Veuillez m'excuser, marmonna-t-elle. J'aurais dû vous cataloguer parmi les *hyperactifs* riches à millions.

— Je crois que nous nous écartons du sujet qui nous occupait. Oublions mon compte en banque, voulez-vous ? Le Dr Latimer a insisté pour que vous gardiez le lit jusqu'à demain matin.

— Ai-je au moins le droit d'utiliser les toilettes ?

Elle espérait le gêner. Peine perdue. Imperturbable, il hocha lentement la tête, comme pour lui donner son royal assentiment.

— Et vous avez beau être propriétaire de cet hôtel, cela ne vous donne pas le droit d'entrer sans frapper dans la chambre d'une cliente ! poursuivit-elle sur sa lancée.

C'était fort peu amène de la part de quelqu'un qui s'était vu attribuer la suite nuptiale — aux frais de la direction —, mais tant pis. Elle n'allait pas se laisser faire !

— Il se trouve que j'ai frappé et que vous ne m'avez pas répondu. Mais je ne voudrais pas vous retenir avec ces considérations oiseuses. Vous êtes peut-être pressée ? Les toilettes sont de ce côté, déclara-t-il, en indiquant la porte que Kate n'avait pas encore eu le temps d'ouvrir.

Elle tenta de le toiser, ce qui n'était guère facile quand on avait vingt centimètres de moins que l'objet de votre mépris. Puis, drapée dans sa dignité, elle passa dans la salle de bains et claqua la porte, tandis qu'un rire bas éclatait dans son dos.

Une fois en sûreté derrière le battant, elle s'y adossa, légèrement haletante et, surprise, se rendit compte qu'elle souriait stupidement, comme si elle avait pris un réel plaisir à cette joute verbale !

Quelques minutes plus tard, elle ressortit de la salle de bains et découvrit Javier nonchalamment installé dans le fauteuil en cuir placé près du lit. A son approche, il se leva, saisit la carafe posée sur la table de chevet et remplit un grand verre d'eau fraîche.

— Le médecin vous a recommandé de boire beaucoup, dit-il avant de l'envelopper d'un regard critique : Pourquoi avez-vous mis ce peignoir ? Il est beaucoup trop épais.

Kate s'était couverte avec empressement quand, passant devant le miroir de la salle de bains, elle s'était aperçue, consternée, que le tissu transparent de la chemise de nuit révélait chaque courbe de son corps.

— Vous auriez pu me le dire ! s'exclama-t-elle.

— Vous dire quoi ?

Il affichait un air innocent mais ses yeux pétillaient de malice.

— Vous le savez parfaitement !

Elle n'était pas prude et, en temps ordinaire, n'aurait pas été troublée outre mesure par cet incident.

— Je n'ai pas regardé, assura-t-il.

— Ce n'est pas drôle !

— Mais je suis très sérieux.

Kate hésita, puis préféra anticiper sur ce qui suivrait immanquablement :

— J'imagine que vous en avez assez vu pour comprendre que ce n'était pas moi, sur les négatifs…

— Ah oui, les négatifs… C'est votre couleur de cheveux qui m'a induit en erreur au début. Mais j'ai compris, en effet, que vous n'étiez pas le modèle.

Bien sûr, le modèle n'avait pas cette horrible cicatrice sur le bras.

— Dommage que vous ne vous en soyez pas rendu compte avant de me traiter comme une… une moins-que-rien ! lança-t-elle avec rancune.

— Je vous prie de m'excuser. Que voulez-vous, il m'arrive à moi aussi d'avoir des idées préconçues.

— Et vous m'avez délibérément fait croire que vous étiez un truand ! Vous cherchiez à m'effrayer pour mieux me faire parler.

— Je le reconnais. De temps en temps, un peu d'intimidation accélère les choses.

Kate ne fut guère surprise de ne percevoir aucun remords dans sa voix. Ce type était manifestement dénué de scrupules.

— Cependant, je me suis vite rendu compte que vous ne vous laissiez pas facilement intimider, poursuivit-il.

— Bien que vous soyez expert en la matière !

Loin de l'embarrasser, cette réplique sarcastique fit naître sur ses traits une expression de satisfaction modeste qui donna à Kate l'envie de le gifler. Mais elle savait déjà qu'il ne valait mieux pas se frotter physiquement à lui, même si pour l'heure, il paraissait parfaitement maître de lui-même. Sa placidité était même incroyable. A la barre des témoins, il aurait incarné le cauchemar de n'importe quel avocat chargé de l'interroger !

— Inutile d'être expert en quoi que ce soit pour deviner que vous n'êtes pas le genre de femme à poser pour des photos érotiques, argua-t-il.

S'agissait-il d'un compliment déguisé ou, au contraire, d'une insulte trop subtile pour qu'elle la saisisse ? Dubitative, Kate l'étudia avec méfiance.

— Je suppose que les négatifs sont toujours en votre possession ? dit-elle enfin.

— Oui, je les ai rangés en lieu sûr.

— Ils me reviennent de droit.

Kate avait froncé les sourcils. Habituée aux inculpés et témoins récalcitrants, elle savait d'ordinaire s'y prendre pour imposer son autorité. Mais là, l'enjeu était trop grand pour elle. Elle se sentait en position d'infériorité, déstabilisée…

— Nous en discuterons demain, si vous le voulez bien, une fois que vous serez reposée et que votre fièvre aura baissé, déclara

Javier du ton d'une personne accoutumée à voir la moindre de ses suggestions suivie à la lettre. Je serai dans le salon si vous avez besoin de quoi que ce soit. N'hésitez surtout pas…

— Non, nous allons en discuter maintenant ! coupa Kate, têtue.

— Je ne pense pas que ce soit une bonne idée.

— Je me fiche de ce que vous pensez !

Il laissa passer quelques secondes, puis, apparemment résigné, se rassit dans le fauteuil.

— Très bien. Je suppose qu'en vous introduisant dans ce bungalow, vous agissiez pour le compte d'une tierce personne directement concernée par ces photos ? Un membre de votre famille ? Votre sœur ?

— Il n'y a pas eu tentative d'effraction, objecta Kate qui se sentait mise au pied du mur. La porte n'était pas verrouillée…

— Et Gonzales fait chanter votre sœur ? Qui est-il pour elle ? Son amant ?

— Non, non ! Il l'a piégée et… Mais comment savez-vous que… ?

— J'ai écouté vos parents discuter, ils ont mentionné votre sœur qui, j'ai cru le comprendre, est plutôt immature. Il était facile d'en déduire qu'elle avait posé pour ces photos « de charme », et vous avait ensuite envoyée réparer les dégâts à sa place…

Kate ne pouvait pas nier la véracité de ces propos.

— Vous ne savez rien de nous, tergiversa-t-elle.

— En effet. Mais les familles se ressemblent souvent. J'ai moi aussi une jeune sœur qui aurait pu se fourrer dans une situation aussi délicate.

Il se tut de nouveau et Kate, qui l'observait, vit avec surprise une expression douloureuse passer sur ses traits. La seconde suivante, il reprenait son masque impénétrable et ordonnait :

— Enlevez ce peignoir. Sinon, votre température va monter en flèche. Je suis sûr que vous n'êtes pas bien là-dedans.

— Je suis juste un peu fatiguée…

— Si vous l'avouez, c'est que vous devez être proprement harassée ! lança-t-il tandis qu'un brusque sourire illuminait son visage.

Sa physionomie s'en trouva métamorphosée et Kate en eut le souffle coupé. Ses yeux rieurs, plus bleus que jamais, pétillaient et deux fossettes creusaient ses joues. Il était vraiment… éblouissant ! Et, de surcroît, il se montrait attentionné. Venant de celui qu'elle tenait pour responsable de sa condition, c'était un comble et cependant… elle trouvait son attitude curieusement réconfortante.

Déroutée par sa propre réaction, elle ne songea pas à protester et ôta le peignoir, avant de se glisser docilement sous la couette légère.

A sa grande surprise, Javier se baissa pour tapoter les oreillers et leur rendre leur gonflant. Il semblait plutôt adroit pour un riche play-boy censé ne pas lever le petit doigt chez lui.

— Ça va, comme ça ? s'enquit-il.

Kate hocha la tête et cala sa tête contre l'oreiller. Ses paupières tombaient, elle avait du mal à garder les yeux ouverts. Elle étouffa un bâillement.

— Ne vous inquiétez pas… Je ne dirai à personne… ce que vous venez de faire, bredouilla-t-elle, déjà dans un demi-sommeil.

Au cas où il aurait redouté qu'elle n'aille raconter partout qu'elle l'avait vu refaire le lit.

Il abaissa sur elle un regard insondable qui s'attarda sur son visage. Kate frémit intérieurement. Elle imaginait sans peine de quoi elle avait l'air !

— Oh, je ne suis pas inquiet ! rétorqua-t-il enfin d'un ton tranquille.

Sur ces mots, il se détourna et se dirigea vers la porte.

Kate ferma les yeux dans la pièce silencieuse. Elle s'apprêtait à s'abandonner à la torpeur bienfaisante qui l'envahissait lorsqu'elle réalisa qu'elle n'avait toujours pas récupéré les négatifs compromettants.

— Demain matin, se promit-elle à mi-voix.

6.

Ce furent les rayons du soleil qui réveillèrent Kate en lui chatouillant le bout du nez. Pendant un moment, elle demeura immobile, la nuque calée sur son bras replié, à contempler les mosaïques de lumière et d'ombre qui jouaient sur le plafond. Puis, elle s'étira langoureusement sous le drap, ses doigts caressant machinalement les sculptures de la tête de lit.

Cet état de bien-être dura approximativement vingt secondes, le temps que sa mémoire se réveille elle aussi et que les souvenirs de la veille affluent dans son esprit.

« Pourquoi a-t-il fallu que cela m'arrive *à moi* ? » se dit-elle. Elle n'avait pas l'habitude de s'apitoyer sur son sort, aussi se ressaisit-elle rapidement.

Une délicieuse odeur parvint alors jusqu'à ses narines ; tournant la tête, elle découvrit un plateau de petit déjeuner qu'une âme bienveillante avait déposé sur la table de chevet.

Sa nature pragmatique reprenait déjà le dessus. Elle allait récupérer les négatifs, puis s'attacher à passer de bonnes vacances. Elle les avait bien méritées. Quant à Javier Montero, elle s'empresserait de l'effacer de sa mémoire. Enfin, peut-être pas entièrement, reconnut-elle dans un accès de franchise. On n'oubliait pas aisément un tel homme. Néanmoins, elle ferait de son mieux.

Pour l'heure, elle avait faim. Très faim, même, ce qui était sûrement bon signe.

Quelques étirements prudents lui confirmèrent que ses courbatures de la veille avaient disparu. Lorsqu'elle tournait la tête de droite à gauche, elle n'avait plus l'impression qu'un percussionniste frénétique s'exerçait sur son occiput. Son système immunitaire semblait avoir eu raison de ce maudit virus.

Le plateau contenait largement de quoi combler son appétit : café, pot de crème, pain croustillant, beurre, confiture de fraise, coupe de fruits frais ; et, tenue au chaud sous son couvercle, une assiette d'œufs brouillés au saumon.

Cette vision lui donna l'eau à la bouche. Mais, alors qu'elle attaquait ce petit déjeuner roboratif, elle ne put s'empêcher de se poser quelques questions. Qui lui avait apporté ce plateau pendant son sommeil ? Javier lui-même ? L'avait-il veillée toute la nuit dans la pièce adjacente, ou bien avait-il délégué cette tâche ? La dernière hypothèse semblait nettement plus crédible.

Une fois restaurée, Kate alla prendre sa douche, puis elle s'habilla avec les vêtements qu'elle eut la surprise de découvrir soigneusement pliés sur la chaise de la salle de bains : une jupe en coton vert pâle et un petit haut blanc qu'elle avait achetés à Londres la semaine passée ! Il y avait également quelques affaires de toilette personnelles.

Elle venait de réintégrer la chambre lorsqu'elle perçut du bruit dans le salon voisin. Rapidement, elle glissa ses pieds dans ses sandales — également une nouvelle acquisition — et, passant devant la ravissante coiffeuse de bois peint, ne put s'empêcher de vérifier son apparence dans le miroir rond. Elle était encore pâle. Dommage que sa petite trousse à maquillage n'ait pas été déposée dans son vanity case, mais enfin... Heureusement, elle avait par nature le teint clair, ainsi que des cils sombres et fournis qui, en général, se passaient fort bien de mascara. Non qu'elle cherchât à se faire valoir… et surtout pas aux yeux de Javier Montero ! Elle voulait juste avoir confiance en elle.

Le miroir lui renvoya l'image de sa silhouette élancée mise en valeur par sa tenue. Rassurée, elle daigna se détendre et un sourire apparut sur ses lèvres. Allons, un peu de franchise : bien sûr qu'elle espérait lui plaire ! Quelle femme ne l'aurait souhaité ?

Evidemment, il ne s'intéresserait jamais vraiment à elle, elle en avait conscience. Car, à la différence de Susie, elle n'avait pas les atouts qu'il fallait pour séduire un homme tel que Javier Montero.

Doucement, elle ouvrit la porte de communication et aperçut Javier qui lui tournait le dos. Il devait avoir l'oreille très fine, car bien qu'il n'ait pu la voir pénétrer dans le salon, il déclara soudain d'une voix irritée :

— J'espère que vous n'avez pas verrouillé la porte de la salle de bains quand vous avez pris votre douche. Dans votre état, ce ne serait pas prudent !

Bon, cela commençait bien.

Comme il s'obstinait à ne pas lui faire face, Kate eut tout loisir de s'extasier sur la largeur de ses épaules et l'étroitesse de ses hanches bien prises dans un pantalon de coton beige. Puis, au prix d'un effort, elle s'arracha à sa contemplation qui était sur le point de l'entraîner dans un monde fantasmagorique où l'anatomie dénudée de Javier avait le premier rôle.

Pourquoi lui battait-il froid ce matin ? Sans doute parce que sa présence commençait à l'ennuyer. Il avait d'autres chats à fouetter. Avec un peu de chance, il lui rendrait les négatifs sans faire de difficultés pour mieux se désintéresser de son cas.

Il se tourna enfin vers elle, paupières plissées, la moue maussade, dans une expression qui confirma les doutes de Kate : il n'était pas de bonne humeur.

— Vous avez mauvaise mine, commenta-t-il sèchement.

Immobile, il la détailla d'un œil si critique qu'elle finit par se sentir très mal à l'aise. Sans doute jugeait-il sa tenue ordinaire et peu seyante. Et après ? se rebiffa-t-elle dans un sursaut de fierté. S'il n'aimait pas sa jupe, tant pis pour lui. Et s'il préférait les beautés pulpeuses, outrageusement maquillées dès potron-minet et vêtues de robes griffées, grand bien lui fasse !

Menton pointé, elle avança d'un pas.

— Si vous trouvez que j'ai mauvaise mine, vous auriez dû me voir avant la douche ! lança-t-elle avec aplomb.

Javier ne s'en était pas privé.

Il avait eu bon nombre de liaisons mais n'avait pas l'habitude de passer une nuit entière auprès d'une femme. Peut-être était-ce pour cette raison qu'il avait trouvé le visage de Kate endormie si fascinant ? Mais, étant donné l'agressivité dont elle faisait preuve ce matin, il n'allait pas le lui avouer.

— Ai-je dit quoi que ce soit qui vous ait froissée ? s'étonna-t-il.

— C'est plutôt la façon dont vous l'avez dit.

— Vous n'aimez pas l'accent espagnol ?

— Je déteste les hommes arrogants et autoritaires, quelle que soit leur nationalité.

Elle ponctua ces paroles rapides d'un mouvement de tête qui rejeta dans son dos ses longs cheveux mouillés. Une pluie de gouttelettes atterrit sur la chemise immaculée de Javier. Le regard qu'il lui renvoya faillit lui faire perdre contenance. Non, cette fois elle n'imaginait pas ces ondes sensuelles qui s'échangeaient entre eux ! A moins que…

— Je n'ai pas verrouillé la porte de la salle de bains, mais je l'aurais fait si j'avais su que vous étiez dans les parages ! affirma-t-elle encore.

— Et si vous vous étiez évanouie ?

— Pff ! Comme vous pouvez le constater, je me porte à merveille et je tiens solidement sur mes jambes.

Et, pour prouver ce qu'elle avançait, elle exécuta un petit tour sur elle-même qui fit voleter sa jupe autour de ses cuisses minces.

En réalité, la tête lui tournait légèrement, mais cela n'avait rien à voir avec une quelconque faiblesse. Le simple fait de respirer le même air que cet homme la mettait dans un état de dépendance hormonale !

— Pas de migraine, aucune douleur. Je me sens parfaitement bien, conclut-elle d'un ton bravache.

— Inutile pour autant de me faire un numéro d'acrobatie.

Kate surprit son regard bleu qui glissait subrepticement sur ses jambes. Avait-elle une tache de dentifrice sur sa jupe qui offensait son sens de l'esthétisme ? Instinctivement, elle lissa le tissu du plat de la main et jeta un coup d'œil. Non, rien.

Lorsqu'elle releva la tête, Javier la dévisageait, impassible.

— Je me sens dans l'obligation de vous rappeler que vous souffrez d'une commotion cérébrale, doublée d'une affection virale. Il m'a semblé que votre mère n'avait guère envie de vous voir contaminer toute la famille. Quant à votre sœur… j'ai eu le sentiment qu'elle était ravie d'avoir le bungalow pour elle seule.

— Vous avez rencontré Susie ?

Javier avait rencontré de nombreuses *Susie* et celle-ci ne lui avait pas laissé une impression plus marquante que les autres. Kate, en revanche, sortait manifestement du lot. Elle avait le caractère bien trempé, comme aurait dit Felipe. Par exemple, elle n'essayait pas de cacher ses cicatrices. Elle les assumait, ce qui prouvait qu'elle ne s'arrêtait pas à l'aspect superficiel des choses et qu'elle avait confiance en elle. Il aimait cela chez une femme.

— Je suis passé à votre bungalow parce que j'ai pensé que vous aimeriez avoir vos propres affaires, expliqua-t-il. Je me suis douté que rien ne vous retiendrait au lit, ni les conseils du médecin ni les miens. Et je dois dire que vous êtes charmante ce matin…

A son grand désarroi, Kate se sentit rougir comme une écolière sous ce compliment inattendu.

— Sans cet hématome, personne ne devinerait ce qui vous est arrivé, acheva-t-il en tendant la main pour lui effleurer le front.

Elle tressaillit.

— Je vous ai fait mal ? Pardonnez-moi.

Il laissa retomber son bras et elle lissa ses cheveux en arrière d'un geste nerveux. Plutôt mourir que d'avouer qu'un délicieux frisson de volupté venait de la parcourir.

Elle humecta ses lèvres sèches.

— C'est encore sensible, mais ne vous inquiétez pas, je ne vous traînerai pas en justice.

— Sage décision ! Etant donné les circonstances de votre accident, votre carrière pâtirait d'un procès plus que la mienne !

— Je ne faisais rien de répréhensible dans ce bungalow !

— Tss tss ! Une avocate se doit d'être au-dessus de tout soupçon.

Kate secoua la tête mais refusa de s'engager plus avant sur ce terrain glissant.

— Ne vous inquiétez plus de mon hébergement, enchaîna-t-elle. Simplement, avant de partir, j'aimerais récupérer ces négatifs.

— Dans ce cas, je suis sûr que nous pouvons parvenir à un accord à l'amiable.

Kate perdit patience :

— Ecoutez, je veux ces photos. Maintenant !

Il frémit, manifestement peu habitué à ce qu'on lui donne des ordres.

— *Dios mio* ! Vous avez vraiment mauvais caractère ! Calmez-vous, nous allons négocier…

— Comment cela, *négocier* ?

— Oui. Vous désirez quelque chose, moi aussi. Nous devons conclure un arrangement mutuel, une sorte de compromis acceptable pour chacun. Vous êtes avocate, vous devriez savoir comment se passe une transaction.

Une inquiétude grandissante s'empara de Kate. La lueur qui brillait dans le regard bleu de Javier ne lui disait rien qui vaille.

— Je ne vois pas ce que je pourrais vous apporter, objecta-t-elle sur la défensive.

— Je dois bientôt me marier.

— Félicitations !

— Vous ne me demandez pas en quoi cela vous concerne ?

— N'étiez-vous pas sur le point de me le dire ?

Il sourit et continua :

— Voyez-vous, mon grand-père est un homme de principes, aux vues plutôt conservatrices, et…

— Nous gagnerons sans doute du temps si je vous dis ce que je sais déjà. Vous parlez de Felipe Montero, le magnat espagnol qui va bientôt prendre sa retraite et dont tous les poulains lorgnent la place ?

Kate n'avait pas l'habitude d'éplucher les pages financières du journal, mais il aurait fallu qu'elle vive sur la planète Mars pour ne pas avoir entendu parler de Felipe Montero et de sa succession.

— Lui-même, acquiesça Javier. Et vous pouvez ajouter : Qui souffre d'un cancer en phase terminale.

Kate se figea, atterrée.

— Oh… je suis désolée… Je n'en savais rien…

— C'est normal. Personne n'est au courant à part moi. Si la nouvelle se répandait, nos actions tomberaient au plus bas et, du jour au lendemain, la société ne vaudrait plus tripette. Il faut donc que quelqu'un reprenne le flambeau alors que tout le monde croit mon grand-père en bonne santé.

Cette froide analyse de la situation déconcerta Kate. Le visage de Javier ne trahissait aucune émotion. Se souciait-il uniquement des chiffres inscrits sur le bilan comptable de la société ? Etait-il insensible à ce point ?

— Et vous souhaitez devenir son successeur ?

— C'est le choix le plus logique. Mon oncle et mes cousins, bien que tous compétents à leur façon, n'ont pas les qualités essentielles d'un dirigeant.

De nouveau, son incroyable arrogance stupéfia Kate.

— Tandis que vous, vous êtes né pour tenir les rênes de cette entreprise ? répliqua-t-elle sans chercher à masquer son ironie.

— Exactement. Je ne vois aucune raison de le nier. J'aurais cru que vous étiez le genre de femme à apprécier la franchise. Mais j'oubliais que, pour les Anglais, avoir une piètre estime de soi est une vertu.

Agacée, Kate serra les poings.

— Je ne comprends pas bien votre problème, grommela-t-elle. Votre grand-père a besoin d'un héritier et vous êtes tout disposé à lui succéder. Quel rapport avec moi ?

— Mon grand-père et moi ne sommes pas toujours d'accord, loin s'en faut. C'est un homme irascible, très autoritaire.

« C'est l'hôpital qui se moque de la charité ! », songea Kate avec humour. Mais où diable voulait-il en venir ?

— Venez-en au fait, le pria-t-elle.

— Mon grand-père m'a fait savoir qu'il était prêt à me passer le témoin, à une seule condition : que je me marie dans les plus brefs délais. Il a même pris la peine de me sélectionner une candidate.

— Vraiment ? C'est étrange. Vous êtes assez grand pour choisir vous-même.

Le sourire de Kate mourut sur ses lèvres tandis qu'un soupçon farfelu naissait dans son esprit. Elle fronça les sourcils, considéra avec une attention accrue son interlocuteur à la virilité si éclatante.

— Attendez… Ne me dites pas que… Vous n'êtes pas…

Elle s'interrompit à temps. Non, c'était stupide ! On ne pouvait douter des préférences sexuelles d'un tel homme. Il y avait sûrement une autre explication, mais laquelle ?

— Je ne suis pas quoi ? demanda-t-il avec impatience.

Kate baissa les yeux, soulagée de s'être arrêtée avant de se ridiculiser totalement. Son silence et la rougeur de ses joues durent cependant la trahir car Javier poussa tout à coup une exclamation incrédule.

Kate releva la tête et croisa son regard ulcéré. Sans prévenir, il lui saisit le menton.

— *Madre mia !* C'est donc à ça que vous pensiez ?

— Je… je ne sais pas de quoi vous voulez parler. Je…

— Je suis hétérosexuel, *exclusivement* hétérosexuel. Vous êtes la première a en douter !

Kate se dégagea d'un mouvement brusque et enfouit son visage entre ses mains. Comment nier devant quelqu'un qui semblait lire dans son esprit comme dans un livre ouvert ? Seigneur, pourquoi ne la laissait-il pas en paix ? Elle était si gênée…

— Je… j'en suis heureuse pour vous, balbutia-t-elle. Inutile de monter sur vos grands chevaux, je vous crois, je vous assure. Je n'ai pas besoin d'une démonstration…

Elle s'interrompit dans un hoquet. Décidément, elle racontait n'importe quoi ! Il allait penser qu'elle cherchait à se faire embrasser, maintenant ! Et recevoir un baiser en de telles circonstances serait… profondément humiliant !

D'un autre côté, cela en valait sûrement la peine… juste pour satisfaire sa curiosité. Comment Javier Montero embrassait-il ?

— Merci, vous me mettez du baume au cœur ! lança-t-il d'un ton acide.

— Cette idée m'a juste traversé l'esprit, mais je me suis tout de suite rendu compte de mon erreur. De toute évidence, vous n'êtes pas gay, seulement trop immature pour envisager un engagement à long terme…

— Vous vous enfoncez !

— Oh, allons ! Vous avez un ego tellement surdimensionné que je suis sûre que rien ne peut l'atteindre.

— Une fois de plus, vous avez des préjugés. Pour vous tous les méditerranéens se ressemblent, c'est cela ? Je suis censé me balader la chemise ouverte jusqu'au nombril, un médaillon en or autour du cou, une gourmette au poignet ? Que faudrait-il encore ? Que je vous pince les fesses ?

Kate sursauta et battit prudemment en retraite.

— Non, je n'ai jamais dit cela ! protesta-t-elle. Mais il est normal que je me sois posé la question… Si vous êtes encore célibataire à votre âge… Enfin, je ne veux pas dire que vous êtes vieux…

Empêtrée dans ses excuses maladroites, elle laissa sa phrase en suspens. Bon, pour le moment, elle l'avait traité grosso modo de vieux garçon décrépit. Si après ça elle réussissait à récupérer les négatifs…

— Donc, reprit-il, selon vous, tout célibataire ayant dépassé la trentaine est obligatoirement gay ? Et vous prétendez ne pas avoir d'idées préconçues ?

— Vous extrapolez et vous le savez fort bien ! Ecoutez, nous étions en train de discuter de votre réticence à faire un mariage arrangé, reprit-elle d'une voix claire. Quel est le problème avec la candidate choisie par votre grand-père ? Est-elle… disgracieuse ? Stupide ?

— Pas du tout. Aria est au contraire charmante et pleine d'esprit. Elle sait recevoir, jouer du piano et c'est une championne de tennis. Je la connais depuis longtemps et elle est amoureuse de moi…

A l'entendre, cette dernière remarque semblait aller de soi. Kate ravala un commentaire sarcastique.

— Elle semble parfaite, déclara-t-elle prudemment.

— Oui, mais je ne suis pas épris d'elle.

— Et cela vous dérange ?

L'étonnement de Kate n'était pas feint. Jamais elle n'aurait cru que les hommes tels que lui se mariaient par amour. Connaissait-il seulement le sens de ce mot ? Enfin, il ne fallait pas exagérer. Elle-même n'était pas sûre d'en connaître la signification car sa propre vie amoureuse n'était pas très mouvementée. Le seul homme avec qui elle avait eu une relation sérieuse était Seb, qui avait été son premier amant et qui, elle le pensait parfois, serait peut-être le dernier !

Leur rupture ne l'avait même pas anéantie. Une fois le premier choc passé, elle s'était vite aperçue que seule sa fierté avait été blessée dans l'affaire.

Seb avait eu raison de proclamer que leur histoire n'aboutirait jamais à rien.

— Je passerai toujours après ta carrière ! s'était-il plaint.

Avec raison. Par la suite, il n'avait pas tardé à trouver une fille plus disponible. Et, à l'heure actuelle, ils attendaient leur premier enfant.

— J'aime beaucoup Aria, trop pour prendre le risque de lui faire du mal, poursuivit Javier. Ce qu'il me faut, c'est une femme qui se présentera à mon côté à l'autel et prendra mon nom sans rien exiger d'autre. Ensuite, après un laps de temps correct, nous nous séparerons sans tapage.

Kate se raidit. Un soupçon encore plus horrible que le premier venait de lui traverser l'esprit. Non, il n'envisageait tout de même pas de… Impossible ! Soit il était fou, soit c'était elle qui perdait la raison !

La bouche sèche, elle se réfugia dans le cynisme :

— Et vous voulez me faire croire que vous manquez de candidates ? Pardonnez-moi, mais j'ai du mal à avaler cela ! Surtout s'il y a une rémunération conséquente à la clé.

— Mon grand-père n'est pas né de la dernière pluie. Il ne se laissera pas abuser par une vulgaire petite arriviste. Non, il me faut une femme… différente, insista-t-il. Indépendante, qui ne soit impressionnée ni par mon nom ni par ma fortune et qui, une fois le mariage célébré, retournera à sa vie en me laissant à la mienne. Et blonde, de préférence.

— Blonde ? Pourquoi ?

— Parce que la seule femme dont je sois jamais tombé amoureux l'est également. Mon grand-père connaît mes préférences. Pourquoi faites-vous cette tête-là ? L'idée que je puisse aimer quelqu'un vous paraît donc si loufoque ?

— Non, c'est juste que… je ne comprends pas pourquoi vous n'épousez pas cette fille, puisque vous l'aimez.

— J'en avais l'intention. Malheureusement, elle est amoureuse de quelqu'un d'autre. De mon meilleur ami, pour tout vous dire.

Kate avait beau essayer d'imaginer Javier en amoureux éconduit, elle n'y parvenait pas. Cet homme n'était pas de ceux qui se résignent à un échec. C'était un guerrier, un conquérant…

— Et donc… vous n'avez pas voulu tenter votre chance ? s'étonna-t-elle.

— On ne peut pas forcer quelqu'un à vous aimer.

Sa voix était froide, dénuée d'émotion. Néanmoins, Kate se sentit soudain déprimée par le fatalisme dont il faisait preuve. Elle-même aurait dû accepter son sort avec un stoïcisme similaire, mais… une fibre romantique s'obstinait à vibrer en elle, à la faire rêver d'un monde où des hommes passionnés se battaient jusqu'à leur dernier souffle pour conquérir la femme de leur cœur !

— Avez-vous au moins tenté de vous faire aimer ? demanda-t-elle doucement.

L'espace d'un instant, les traits anguleux de Javier trahirent une vive émotion, puis il se renfrogna et, d'un ton rogue, railla :

— C'est une séance de thérapie ou quoi ?

— Je comprends. Vous avez essayé et cela n'a pas marché. Eh bien ! J'adorerais rencontrer cette fille ! s'exclama Kate étourdiment.

— Justement, vous la verrez. Car Sarah a accepté d'être témoin à notre mariage qui aura lieu demain.

7.

Kate cilla plusieurs fois de suite et, pendant quelques secondes interminables, ce fut sa seule réaction. Enfin, elle lança :

— Vous devez être complètement fou… si vous croyez… que je vais vous épouser… pour vous permettre d'hériter de la boutique familiale !

Javier toussota avant d'argumenter :

— Je vous en prie, réfléchissez. Cela ne vous causera guère de désagrément. Il vous faudra tout au plus signer un document et…

— Y a-t-il eu de la consanguinité dans votre famille ? Parce que j'ai la nette impression que vous avez l'esprit dérangé !

— Je croyais que vous vouliez ces négatifs ?

Un instant, Kate se sentit déstabilisée et l'inquiétude l'envahit, rapidement balayée par de nouvelles résolutions. Après tout, c'était peut-être mieux ainsi. Il était temps que Susie assume les conséquences de ses actes.

— J'aime ma sœur et je suis prête à bien des sacrifices pour son bonheur…

— La plupart des gens diraient que vous avez déjà chèrement payé de votre personne, coupa-t-il en désignant la bosse qui lui ornait le front.

— … mais je n'irai certainement pas jusqu'à épouser un aliéné mental ! acheva-t-elle d'un trait.

— Mon grand-père va adorer votre franc-parler !

Kate leva les mains en l'air en signe d'impuissance. Elle avait besoin d'une bonne goulée d'air frais, et de prendre du recul par rapport à cette histoire de fous. En cherchant bien, sous un certain angle, celle-ci devait avoir un aspect comique.

— Vous ne m'écoutez donc pas ? Je ne vous épouserai pas. Pas même si vous me menaciez d'envoyer ces négatifs à la presse à scandale. Toutefois, si vous en arrivez à cette extrémité, c'est que vous ne valez pas mieux que l'ordure qui a drogué ma sœur et pris ces photos !

Haletante, vibrante de mépris, elle se heurta au regard de son compagnon. Et ce qu'elle y lut lui fit oublier de respirer. Peut-être avait-elle été trop loin, cette fois… ? Car Javier semblait en proie à une rage qu'il avait grand-peine à maîtriser. Elle le vit lutter, seconde après seconde, pour finalement rester maître des émotions qui bouillonnaient en lui. Un profond soupir lui souleva alors la poitrine. Il tira de la poche de sa veste l'enveloppe qui contenait les négatifs.

— Tenez, ils sont à vous, dit-il en lui plaquant l'enveloppe entre les mains.

Tout d'abord stupéfaite, Kate lui jeta un regard soupçonneux :

— S'agit-il d'une nouvelle ruse ? Qu'avez-vous imaginé encore ?

— Rien. Je ne vais pas plonger votre famille tout entière dans la honte pour lui faire payer l'inconséquence de votre sœur. Au sujet de Gonzales, c'est autre chose. Il n'échappera pas à la justice, j'y veillerai personnellement.

Venant de quelqu'un d'autre, Kate aurait cru à un vœu pieux. Mais Javier ne faisait aucune esbroufe, il se contentait d'énoncer un fait.

Sans bien comprendre, elle crispa ses doigts tremblants sur l'enveloppe.

— Pourquoi me les rendez-vous ? Vous n'avez plus rien pour exercer votre chantage sur moi, maintenant, fit-elle remarquer.

— Je suis dur en affaires, mais je ne suis pas un criminel. Et j'ai d'autres moyens pour vous convaincre.

— Je ne saisis pas…

Son ton se fit soudain dédaigneux et elle enchaîna :

— Oh, je vois ! Vous pensez sans doute que toute personne a son prix ? Oui, c'est bien votre genre…

— Chacun a ses petites faiblesses. Il suffit de découvrir lesquelles.

— Vous ne devriez pas juger les autres selon vos propres critères. Il se trouve que je ne veux pas de votre argent ! martela-t-elle en adoptant un ton indigné qui, à sa grande satisfaction, alluma une lueur de colère dans les prunelles bleues.

— Peut-être pas pour vous.

— Que voulez-vous dire ?

— Que diriez-vous de faire construire une aile supplémentaire au service des grands brûlés dans lequel vous avez été soignée autrefois ? On pourrait y installer les familles des enfants devant subir un traitement de longue haleine.

Kate tressaillit. Sa méfiance s'accrut. L'action du comité dans lequel elle militait n'avait reçu aucune publicité, mis à part trois lignes dans la presse locale, en Angleterre. Javier n'avait aucun moyen d'être au courant de son engagement… sauf si elle parlait dans son sommeil !

— Que savez-vous à ce propos ? murmura-t-elle, étourdie. Comment savez-vous que… Avez-vous discuté avec mes parents ou bien… ?

— Non, je ne les ai pas revus depuis hier soir.

— Alors ?

— Cela n'a aucune importance, trancha-t-il avec un geste impatient de la main.

— Pas pour moi !

— Ecoutez, ce n'est pas bien compliqué. On peut obtenir n'importe quelle information à toute heure de la journée, pour peu qu'on sache où chercher et à qui poser la bonne question.

Ce qui était manifestement son cas et lui paraissait tout naturel, elle s'en rendait compte avec effarement. Un seul mot s'imposait à elle quand il s'exprimait ainsi : *implacable*.

— Ce sont des renseignements faciles à avoir quand on est prêt à violer l'intimité d'autrui, corrigea-t-elle, sans cacher qu'elle réprouvait foncièrement ce genre de méthodes.

— J'en sais quelque chose. Dans ma position, on apprend très vite — et à la dure ! — à se protéger des intrusions étrangères.

— C'est un peu fort ! Et cela ne vous gêne pas de faire à autrui ce que vous ne tolérez pas pour vous-même ? Quelles questions avez-vous posées quand vous avez fouiné dans ma vie ?

— Seulement les questions qui m'ont semblé pertinentes.

— C'est-à-dire ?

— Je sais par exemple que vous n'avez pas de compagnon qui aurait pu représenter un obstacle à notre projet.

Kate s'en étrangla :

— Notre… notre projet ? Mais… mais… Je n'ai rien à voir dans vos affabulations, moi !

Javier se contenta de l'envelopper d'un regard narquois. Tout à coup, elle eut l'impression qu'un piège se refermait sur elle. Ses jambes se dérobèrent, si bien qu'elle dut chercher appui sur le dossier d'une chaise. Javier la fixait toujours de ses yeux plus bleus que jamais. Il était si beau ! Elle était là, éperdue devant cet homme, le plus séduisant qu'elle ait jamais rencontré… et il venait de la demander en mariage !

Pourquoi était-elle si sensible au charme physique de cet homme que, par ailleurs, elle méprisait ? Quelqu'un qui ne voyait en elle qu'un objet à manipuler, un moyen d'atteindre son but. C'était si… humiliant !

Lorsqu'elle osa de nouveau le regarder, elle lut sur ses traits un sentiment proche de la sympathie, comme s'il voulait lui dire qu'il comprenait ce qu'elle ressentait encore mieux qu'elle. Ce qui ne devait pas être bien difficile, étant donné qu'elle avait le sentiment en cet instant de ne plus rien comprendre du tout !

Au moins, elle lui prouverait qu'elle n'était pas une de ces petites dindes qui se pâmaient à sa seule vue ! s'encouragea-t-elle en inspirant une grande goulée d'air.

— Et qu'auriez-vous fait s'il y avait eu un homme dans ma vie ? s'enquit-elle d'un ton de dérision. Vous vous seriez arrangé pour qu'il ait un accident ?

— Votre imagination est décidément très fertile.

— Peut-être… mais c'est votre faute. Et, pour votre gouverne, sachez que vos informateurs vous ont mal renseigné : il se trouve que j'ai un petit ami. Il s'appelle Sebastien Leigh, il est juriste et…

— Oui, je suis sûr que son Curriculum Vitae est aussi impressionnant que le vôtre. Néanmoins, je sais que vous avez rompu avec M. Leigh. Vous avez certes eu une relation suivie avec lui, mais c'est fini. Depuis au moins un an. D'ailleurs, il s'est marié.

Kate le considéra en silence, la bouche ouverte sous l'effet de la stupeur et de la honte. Jamais elle ne s'était sentie aussi stupide. S'inventer une vie sentimentale, c'était si… pathétique ! Seules les vieilles filles aigries avaient recours à ces pitoyables subterfuges. Maintenant, Javier allait croire qu'elle cherchait à tout prix l'âme sœur, ce qui était faux, totalement faux ! Au contraire, elle assumait pleinement son célibat…

— Avez-vous eu des regrets de le voir épouser une autre femme ?

— Tiens ! Vous ne savez donc pas tout ? Vos sources si fiables auraient-elles omis de poser certaines questions ? s'efforça-t-elle d'ironiser.

— Celle-ci manque de pertinence, j'en conviens. Pure curiosité de ma part. Bien sûr, vous faites partie de ces femmes qui ne sont pas pressées de se marier. Pour le moment, votre carrière monopolise votre attention. Vous seriez gênée par une famille.

— J'ai bien l'intention d'avoir les deux dans un avenir proche.

— Vous avez su garder une certaine candeur, à ce que je vois.

— Pourquoi me dites-vous cela ?

— C'est assez rafraîchissant, poursuivit-il sur sa lancée sans tenir compte de son intervention agressive. D'ailleurs, vous avez beaucoup de charme, mademoiselle Anderson.

Il soutint tranquillement son regard, tandis qu'elle encaissait le choc de cette dernière remarque. Ses joues s'embrasèrent, puis elle eut froid partout. Sa bouche devint sèche. Des pensées confuses se mirent à danser la sarabande dans son esprit.

Et pourquoi ? songea-t-elle avec fureur. Parce qu'il avait daigné laisser entendre qu'il ne la trouvait pas repoussante ! Une simple flatterie, et voilà qu'elle se mettait dans tous ses états ! Evidemment, il le faisait exprès pour mieux la manœuvrer. Mais s'il pensait la retourner comme une crêpe grâce à quelques compliments, il se trompait lourdement !

— Manifestement, je ne suis pas votre type, rétorqua-t-elle, préférant lâcher la vérité elle-même plutôt que de se l'entendre dire.

— Je n'envisagerais pas d'épouser quelqu'un qui ne me plaît pas.

— Moi non plus, en temps normal ! Pourquoi riez-vous ?

— Parce que vous mentez mal.

— C'est faux ! s'insurgea-t-elle, avant de se reprendre devant son hilarité décuplée : Enfin, je veux dire… je ne mens pas.

Il la contempla longuement, d'une façon qui lui donna la chair de poule, puis haussa finalement les épaules.

— Si vous préférez nier l'attirance évidente qui existe entre nous, cela vous regarde. Je me plierai à vos désirs. Parlons plutôt de cette cause dans laquelle vous vous êtes engagée. Le comité a besoin d'argent, n'est-ce pas ?

— Nous ne vous avons pas attendu pour réunir des fonds. Il y a la course d'avirons, la kermesse annuelle, le…

Elle dut s'éclaircir la voix. « Une attirance évidente », avait-il dit. Elle déglutit et son regard se porta furtivement vers la bouche de son compagnon. Pourquoi nier, en effet ? Pourquoi accorder à ce désir plus d'importance qu'il n'en avait ? Pourquoi ne pas l'oublier purement et simplement ?

Parce qu'elle en était incapable.

— Vous me parlez là de petits moyens dérisoires, une goutte d'eau dans l'océan, répliqua-t-il avec un geste impatient.

— Nous persévérons. Et, un jour, nous réussirons…

— Oui. Et entre-temps plein d'enfants malades auront grandi seuls à l'hôpital. Alors que les travaux pourraient démarrer immédiatement… Il suffirait que j'apporte ma contribution et tous les problèmes seraient aplanis d'un coup. Qu'en dites-vous ?

Kate eut un rire nerveux.

— Vous ne savez pas de quoi vous parlez ! Avez-vous la moindre idée du prix d'un tel chantier ? Croyez-moi, j'ai étudié le projet. Nous ne parlons pas de centaines ni de milliers de livres, mais bien de…

— … millions, oui, je sais.

Kate demeura bouche bée. Seigneur ! Javier Montero pratiquait le chantage moral avec de sérieux atouts en mains ! Car ce qu'il proposait bouleverserait l'existence de tant de gens : les enfants blessés, leurs parents, le personnel spécialisé de l'hôpital dont le dévouement ne pouvait que partiellement compenser le manque de moyens…

« Que ressentirai-je la prochaine fois qu'on refusera l'admission d'un enfant parce qu'il n'y aura pas de lit disponible ? se dit-elle. Alors que cela dépend uniquement de moi aujourd'hui… »

— Si vous acceptez de m'épouser, je vous signe un chèque dès maintenant. Vous le remplirez vous-même.

Il l'étudiait, bras croisés, tandis que des émotions violentes et contradictoires s'affrontaient en elle et se reflétaient sans doute sur son visage.

Posément, Javier tira de sa veste un chéquier, ainsi qu'un stylo plume qu'il posa sur la table basse du salon. Il s'assit sur le canapé et attendit.

Kate sentit des gouttes de sueur perler au-dessus de sa lèvre supérieure.

— Cet argent importe peu pour vous, n'est-ce pas ? murmura-t-elle. Et ces enfants qui en profiteraient, vous ne vous en souciez pas. Pas plus que de moi.

Il haussa les épaules en guise de réponse. Normal. Qu'espérait-elle donc ? Qu'il lui confesse que c'était elle qui l'intéressait en définitive et non le contrôle de l'empire Montero ? Qu'il lui jure un amour éternel ?

Tout à coup, une idée espiègle lui traversa l'esprit.

— Et si j'encaissais votre chèque pour me dédire ensuite ? hasarda-t-elle.

— Je vous fais confiance. Vous êtes une femme de principes, quelqu'un qui fait passer le bien-être des autres avant ses désirs personnels, cela se voit.

— A vous entendre, je suis une véritable martyre ! lâcha-t-elle, vexée.

— N'exagérons rien. Une martyre m'aurait épousé pour sauver sa famille de la misère. Vous, vous m'épouserez afin de donner à ces dizaines d'enfants un meilleur accès aux soins ; parce que vous êtes passionnément dévouée à leur cause.

— Vous pensez donc si bien me connaître ? contra-t-elle, luttant contre la sensation de défaite étourdissante qui l'envahissait.

— Oui. Nous pouvons nous quereller un moment, si c'est ce que vous souhaitez. Mais, en définitive, votre décision sera la même et nous le savons tous deux.

— J'ai… j'ai une carrière…

— Je ne vous demande pas d'y renoncer. Quelques semaines de congé sabbatique devraient suffire.

— J'exige que tout soit consigné par écrit.

— Naturellement.

— Y compris une clause stipulant que vous n'essaierez pas de me toucher.

— On ne peut pas légiférer sur la passion physique ! se récria Javier. Ma parole ne vous suffit donc pas ce sur point ?

Kate rejeta la tête en arrière et éclata de rire.

— Vous plaisantez ? Je ne vous croirai jamais sur parole, même si vous me disiez que le soleil va se lever demain matin !

Elle le fusilla d'un regard empli d'une telle haine que Javier ne put s'empêcher d'éprouver des regrets. Il faisait ce qu'il fallait pour que son grand-père meure l'esprit tranquille et, si Kate devait l'en détester, c'était secondaire… Quel dommage pourtant ! En d'autres circonstances, ils auraient pu être amis.

Non, peut-être pas amis, corrigea-t-il aussitôt, conscient que l'amitié n'avait rien à voir avec l'attirance qui les poussait l'un vers l'autre.

— Et dire qu'on prétend que dans un mariage, la confiance prime sur tout le reste ! lâcha-t-il dans un soupir.

8.

Assis au volant de sa voiture, Javier tapotait nerveusement le tableau de bord quand la silhouette aux cheveux clairs apparut à l'angle du bungalow.

Kate jeta un coup d'œil furtif derrière elle, avant de se faufiler en direction du parking. Pour un peu, il n'aurait pas été surpris de la découvrir en tenue de camouflage, rampant sur le sol tel un soldat de commando pour mieux passer inaperçue ! Mais il la vit prendre une profonde inspiration et, résolument, redresser les épaules avant de s'avancer vers la voiture aussi vite que le lui permettaient ses extravagantes sandales à talons hauts. Elle ne voulait pas trahir son appréhension, conclut-il avec une certaine admiration.

Kate ignora la tension qui lui contractait les muscles tandis qu'elle s'approchait de la voiture rutilante et de son conducteur, très élégant dans un costume sombre. Javier Montero irradiait la confiance en soi. Kate, en revanche, se figea gauchement lorsqu'il ôta ses lunettes de soleil pour la détailler de la tête aux pieds.

Le bras calé sur la vitre ouverte, il pianota avec impatience sur la carrosserie brillante.

— Eh bien, qu'attendez-vous ? Montez !

Le ton péremptoire la hérissa. Elle obtempéra néanmoins et, légèrement haletante, prit place à son côté.

90

— Vous êtes en retard, fit-il remarquer.

Kate, qui ouvrait la bouche pour s'excuser, se ravisa aussitôt.

— Susie est passée me voir, expliqua-t-elle froidement. J'ai dû attendre qu'elle s'en aille. Vous auriez préféré que je l'emmène ?

D'un geste agacé, elle repoussa une mèche de cheveux qui lui retombait sur le front et voulut remonter ses lunettes… avant de se rappeler qu'elle les avait troquées contre des lentilles de contact. Susie avait insisté pour refaire son chignon, « noué trop sévèrement sur la nuque », avait-elle décrété.

Tout d'abord, Kate avait été touchée par la visite de sa sœur. Puis, rapidement, elle avait compris que Susie se souciait moins de sa santé que des négatifs. Elle avait fait preuve d'un extrême soulagement quand Kate lui avait remis l'enveloppe.

Une fois rassurée sur ce point, Susie était passé à ce qui suivait dans sa liste de priorités : comment Kate avait-elle fait la connaissance de Javier Montero ?

Kate n'avait eu aucun mal à la convaincre que son amitié supposée avec le légendaire Javier n'avait jamais existé.

— C'est une méprise ? Oh, je m'en doutais ! s'était exclamée Susie. Enfin, ne le prends pas mal, Kate… mais les types comme lui sortent rarement avec des filles comme toi.

« … plutôt avec des filles comme moi », semblait-elle sous-entendre.

— C'est vrai et tant pis pour lui !

— Tu as bien raison de réagir ainsi. J'admire beaucoup ton attitude positive.

— Qui te parle d'attitude positive ? Si j'avais l'occasion de fréquenter cet homme quelque temps, je lui inculquerais quelques notions d'humilité. Cela lui ferait le plus grand bien et rendrait un immense service à toute la gent féminine !

— Vraiment ? Quand je l'ai croisé l'autre jour, il s'est montré tout à fait charmant…

— Pas étonnant, si tu portais cette tenue ! avait répliqué Kate en désignant le short minuscule et le haut ultrasexy que portait Susie. En tout cas, je te conseille de te tenir à l'écart de lui. Javier Montero te dévorerait toute crue avant de te laisser tomber ! Ne va pas t'y frotter !

Elle avait fait preuve d'une telle véhémence que Susie avait ri avec nervosité, avant de lui rappeler qu'elle était fiancée. A présent, Kate se demandait comment elle se justifierait quand Susie réaliserait qu'elle avait épousé Javier ! Enfin, chaque chose en son temps, mais… quoi qu'il en soit, il n'y avait pas trente-six façons de décrire la situation : Javier s'était acheté une épouse, et cette épouse, c'était elle, Kate.

Bien que réticente au départ à garder le secret vis-à-vis de sa famille, elle avait changé d'avis depuis sa conversation avec Susie. Javier avait raison, mieux valait rester le plus discret possible. De toute façon, elle ne convaincrait personne qu'elle se mariait de son plein gré et qu'elle nageait dans le bonheur !

Javier lui jeta un rapide coup d'œil :

— Pourquoi êtes-vous si renfrognée ? Auriez-vous préféré que vos proches soient auprès de vous ?

— Pas vraiment ! Je n'ai nulle envie qu'ils soient témoins de notre mariage. Aux yeux de ma famille, je passe d'habitude pour quelqu'un de sensé et je tiens à garder ma réputation. A moins que vous ne pensiez à un proche qui m'aurait tenu la main pour me donner du courage, comme quand on se fait arracher une dent ?

Javier sourit :

— Je me doutais que vous ne m'épargneriez pas vos sarcasmes et je m'y suis préparé.

La nervosité de Kate se mua en colère. Elle le regarda débou-tonner sa veste de coupe impeccable, avant de rectifier imperceptiblement l'angle du rétroviseur intérieur. Des détails aussi véniels comptaient à ses yeux. Il était ce genre d'homme…

En réalité, elle ne savait rien de lui.

Pourtant, d'ici quelques minutes, ils seraient mariés.

Une vague de panique monta en elle, qu'elle s'efforça de dominer en contre-attaquant :

— Si vous voulez que les gens croient à un vrai mariage, vous devriez commencer par me parler comme à un être humain, et non comme à un chiot désobéissant dont vous entamez le dressage !

— Un « vrai » mariage ? C'est une notion intéressante. Pouvez-vous la développer ? suggéra-t-il d'un ton doucereux, avant de faire glisser son regard sur ses jambes croisées qui dépassaient de la robe ivoire qu'elle avait choisie pour l'occasion.

Kate préféra détourner le cours de la conversation :

— Cessez de me reluquer, je vous prie !

— Vous ne pouvez pas mettre une robe aussi courte et vous parer ensuite d'une vertueuse indignation. Vous comptez vraiment vous marier dans cette tenue ?

— Ecoutez… Mon dernier petit ami pensait que je devais me cantonner aux couleurs d'automne, le roux, le beige, le marron… Il m'a demandé également de me couper les cheveux et de raccourcir mes jupes. Je précise qu'il n'a fait qu'un passage éclair dans ma vie. Mais j'imagine que vous le savez déjà, puisque vous avez étudié en détails mon passé tumultueux ?

— En fait, j'ai été assez surpris d'apprendre que votre vie sentimentale était aussi indigente. Vous êtes manifestement une femme sensuelle et passionnée…

Furieuse contre elle-même, Kate se sentit rougir.

— Oubliez ma vie sentimentale ! Elle ne vous regarde pas ! se récria-t-elle.

— Pardon, mais c'est vous qui avez abordé le sujet.

— Pas du tout, je posais simplement quelques règles élémentaires.

— Des règles élémentaires ? répéta-t-il avec incrédulité. Que vous voudriez me voir suivre ?

— Oui, que cela vous plaise ou non.

— Je vois. Vous êtes décidée à rendre notre relation aussi désagréable que possible. Vous tenez absolument à prendre les rênes en main, je me trompe ?

— Il n'y a aucune relation entre nous.

— Elle n'est peut-être pas d'un genre conventionnel, néanmoins…

— Elle n'existe pas, tout simplement !

Il soupira.

— Ecoutez, nous allons être obligés de nous côtoyer à l'avenir et vous nous faciliteriez beaucoup la tâche si, au lieu de me chercher querelle sans cesse, vous vous efforciez de…

— Vous m'en demandez trop !

— Si vous nourrissez l'espoir secret de me faire annuler le mariage… détrompez-vous ! A ce propos, le comité a-t-il encaissé mon chèque ?

La question désarçonna Kate qui laissa passer quelques seconde de silence, avant de marmonner entre ses dents :

— Oui.

David Fenner, le directeur de l'hôpital avec lequel elle avait conversé longuement au téléphone, avait frôlé l'euphorie quand elle l'avait averti du geste de Javier. « Mon Dieu, je ne sais comment vous remercier… Je compte sur vous, Kate, pour dire à notre généreux bienfaiteur que cet argent sera utile à une foule de gens dans le besoin ! »

— Les membres du comité vous sont très reconnaissants, ajouta-t-elle avec raideur à l'adresse de Javier.

— Je me fiche de leur gratitude. Je n'en veux pas. C'est vous que je veux.

94

— Ce n'est pas parce que j'ai accepté de vous épouser que je tolérerai que vous me dictiez ma conduite. Je m'habillerai comme je l'entends, même si mes critères d'élégance ne correspondent pas aux vôtres. Je vous ferai d'ailleurs remarquer que votre style classique et de tellement bon goût serait jugé bien insipide par certains ! La mode sert à exprimer la personnalité de chacun. Enfin, encore faut-il en avoir une ! Mon Dieu, comme je regrette de ne pas avoir mis mon tailleur rose fuchsia !

Kate ponctua cette diatribe d'un coup d'œil bravache. Elle n'avait même pas honte de sa puérilité. Javier n'allait pas tarder à comprendre que l'épouse qu'il s'était « achetée » ne cadrait pas avec l'image qu'il se faisait de ce rôle. Il pouvait déjà s'en mordre les doigts !

— Je suis sûr que vous auriez été charmante en rose, se borna-t-il à répondre, impassible.

Cette remarque déclencha chez Kate une hilarité inattendue.

— Vous ne diriez pas cela si vous m'aviez vue dedans ! pouffa-t-elle. La jupe est affreusement moulante et me fait un popotin énorme !

Cette fois, un éclair amusé s'alluma dans les prunelles bleues.

— Vous êtes une fois de plus très directe et… plutôt sévère avec vous-même. Pour ma part, je n'ai jamais dit que je n'aimais pas votre robe. Simplement, je la trouve très… sexy.

Kate ne vit dans cette intervention qu'une tentative assez maladroite pour changer le cours de la conversation. S'il avait été hypocrite, il se serait récrié : « Mais non, voyons ! Votre popotin est tout à fait charmant ! » Mais bon, le scénario était peu vraisemblable.

— Votre avis m'indiffère, rétorqua-t-elle.

— Alors, pourquoi en faire toute une histoire ? Sachez que je n'ai nullement l'intention de me mêler de vos habitudes vestimentaires. Je m'en voulais juste de ne pas avoir pensé une seule seconde que vous n'auriez peut-être pas la tenue adéquate dans votre garde-robe. Je sais que la plupart des femmes attachent beaucoup d'importance à ce qu'elles portent le jour de leurs noces...

— Votre attention est touchante, mais inutile. Je ne suis pas une jeune promise rougissante. Je ne vais pas feuilleter l'album-photo du mariage, les yeux embués par l'émotion, en me remémorant comme vous étiez superbe dans votre costume ! Au moins, l'un de nous deux est correctement vêtu, conclut-elle avec un petit soupir empreint d'amertume.

— Mon apparence vous déplaît ?

— Tout me déplaît chez vous ! Ecoutez, pas la peine de jouer la comédie. Ce mariage n'est qu'une pure formalité, de toute façon.

Avec horreur, elle perçut une note de mélancolie dans sa propre voix. Réaction sidérante, étant donné qu'elle n'avait jamais rêvé d'un grand mariage romantique avec profusion de fleurs, foule d'invités et garden-party. Il n'y avait plus qu'à espérer que Javier n'avait rien remarqué...

— Vous m'en voulez parce que vous aviez imaginé marcher jusqu'à l'autel au bras de votre père et que je vous ai privée de ce fantasme ? insista-t-il.

— Détrompez-vous ! Je souhaite surtout ne rien garder qui puisse me rappeler cette journée. Vous comprendrez donc que le fait que ma robe soit tout à fait banale n'est vraiment pas un problème.

Javier s'apprêtait à répliquer de manière cinglante quand il surprit une unique larme qui coulait sur la joue de la jeune femme. La voyant l'essuyer furtivement du bout du doigt, il se calma aussitôt.

— Si vous le souhaitez, je pense que Sarah pourra vous prêter un chapeau ou un foulard. Cela suffira, affirma-t-il, avant de poursuivre d'un ton conciliant : Veuillez m'excuser si je vous ai accueillie de façon brutale tout à l'heure. Je n'aime pas attendre. Mieux vaut que vous le sachiez. Après tout, nous sommes supposés être intimes.

— Intimes ? Je ne vois pas comment nous allons donner cette illusion à notre entourage. Je n'ai aucun talent de comédienne.

— Vous pouvez quand même essayer.

— Cela faisait partie de notre accord, acquiesça-t-elle à contrecœur.

— C'est vrai. Et, tant que nous y sommes, vous devriez changer votre attitude.

— Qu'avez-vous à me reprocher ?

— Vous êtes agressive, susceptible, acariâtre…

— Mieux vaut que vous le sachiez, cela fait partie de mon caractère ! riposta-t-elle du tac au tac. Je suis toujours agressive quand on m'oblige à épouser quelqu'un que je déteste ! Quelqu'un prêt à toutes les extrémités dans sa quête du pouvoir et de la fortune…

— Oh ! Ça suffit ! coupa-t-il, excédé. Je ne vous permets pas de me parler sur ce ton !

— Vraiment ? Pourtant, cela inciterait les gens à nous croire intimes, répliqua-t-elle d'un air innocent.

— *Por Dios !*

Kate commençait à éprouver des remords. C'est vrai qu'elle se comportait comme une peste depuis qu'elle était montée dans la voiture. Ce n'était pas dans ses habitudes, mais cet homme avait le don de la faire sortir de ses gonds.

Le voyant se renfoncer dans son siège avec un soupir, elle murmura, espérant ne pas le regretter plus tard :

— Je vous prie de m'excuser.

Il lui jeta un regard surpris et elle enchaîna :

— Je me montre injuste. Personne ne m'a obligée à vous épouser. J'ai pris ma décision, je dois l'assumer. Vous… vous avez agité une carotte sous mon nez et je me suis laissé tenter.

Elle renifla discrètement et accepta sans mot dire le mouchoir qu'il lui tendait pour s'en tamponner le coin des yeux.

— J'ai tiré profit de votre point faible, si l'on peut appeler « faiblesse » la compassion, nuança-t-il.

— Chacun de nous a obtenu de l'autre ce qu'il voulait. Je pense juste que… vous auriez pu mieux investir votre argent… dans une personne qui aurait mieux tenu son rôle. Personne ne va croire que vous vouliez m'épouser *moi*.

La simple pensée de la somme colossale qu'il avait déboursée suffisait à épouvanter Kate. Avec un tel pactole, il aurait pu s'offrir une actrice hollywoodienne couverte d'oscars !

— Pourquoi dites-vous cela ? s'étonna-t-il.

— Je ne suis pas exactement un top model…

— Je vous ai déjà dit que je n'aimais pas cette coutume anglaise qui consiste à se déprécier. De plus, vous préjugez de mes goûts, ce que je trouve singulièrement agaçant.

Kate ne put s'empêcher de rire. Javier était différent des autres hommes, certes… mais certainement pas à ce point-là !

— Parce que vous pensez qu'ils sont difficiles à deviner ? contra-t-elle. Je dirais que 99,99 % des hommes fantasment sur ce genre de filles. La seule chose qui vous différencie d'eux, c'est que vous, vous pouvez les avoir.

— Vous voulez dire… grâce à mon argent ?

— Hum… eh bien, oui, en partie. Mais je pensais plus spécifiquement à votre physique.

— Mon physique ?

— Ne faites pas semblant de ne pas comprendre ! s'énervat-elle. Vous êtes très séduisant. Vous êtes même mieux que cela ! Même si vous étiez pauvre comme Job, il y aurait des femmes pour vous tourner autour. J'imagine que vous en avez conscience.

— Je suis flatté, Kate…

— J'essaie juste de me montrer franche. Vous venez de dépenser une somme énorme et je m'inquiète parce que… j'ai peur que vous n'en ayez pas pour votre argent, comme on dit.

— Il se trouve que je vous considère comme un excellent placement. Et cessez de vous tracasser à propos de mon argent. Dans les milieux autorisés, on me considère en général comme un brillant analyste aux prévisions très fiables. Et, même si j'apprécie vos scrupules, je crois que je vous préfère en mégère désagréable qu'en cendrillon désabusée.

Kate fut si soulagée de se voir donner le feu vert pour exprimer ses pensées qu'elle ne se formalisa pas de cette comparaison peu flatteuse.

— Serait-il possible que la perspective de perdre votre héritage ait faussé votre jugement ? s'enquit-elle avec une soudaine malice.

Javier se demanda si, dans un sens, elle n'avait pas un peu raison. Il était tellement désireux d'adoucir les derniers jours de son grand-père qu'il avait pu occulter délibérément certaines lacunes de son plan. Il est vrai qu'il avait agi en suivant son instinct plutôt que son objectivité, mais… et après ? Auparavant, cette méthode lui avait toujours réussi, alors pourquoi pas cette fois ?

— Si tel était le cas, je ne l'avouerais certainement pas, répondit-il en souriant. N'oubliez pas que je suis un arrogant Ibère convaincu de ne jamais commettre la moindre erreur ! Si vous vous en souvenez à l'avenir, nous nous entendrons parfaitement.

— Merci pour le tuyau ! murmura-t-elle, pince-sans-rire. Vous en avez d'autres ?

— Oui. Par exemple, considérer chaque parole qui franchit mes lèvres comme une perle de sagesse. Et rire à chacune de mes plaisanteries.

Cette fois, Kate ne put s'empêcher de s'esclaffer. Puis, comme il la dévisageait, elle se tut brusquement, troublée par l'intensité de son regard. Gauchement, elle se mit à triturer sa ceinture de sécurité. Elle remarqua alors, bien que le moteur de la voiture soit presque silencieux, que Javier venait de couper le contact.

— Que se passe-t-il ? demanda-t-elle, alarmée.

— Vous avez raison, dit-il dans un soupir. Jamais personne ne croira que nous nous connaissons intimement !

Kate sentit une pointe d'espoir naître en elle. Etait-il possible qu'il se rende à l'évidence ? Qu'il admette que cette mascarade était vouée à l'échec ? Mais… s'il changeait d'avis maintenant, il faudrait que le comité rende l'argent. Ce n'était plus possible.

Sans doute avait-elle plaidé sa cause avec un peu trop d'éloquence.

Comme elle s'obstinait à tripoter sa ceinture, Javier saisit sa main pour lui immobiliser les doigts. Elle tressaillit.

— Vous n'êtes pas obligée de vous tétaniser ainsi dès que je vous touche, grommela-t-il, agacé.

— C'est parce que… je n'aime pas que vous me touchiez. Toutefois… j'espère m'y habituer… peu à peu.

— Comme c'est généreux de votre part ! Vous savez, la tradition veut que le marié embrasse la mariée à la fin de la cérémonie. Cela semblera suspect si vous bondissez en arrière pour m'éviter.

Le regard de Javier se posa sur ses lèvres. Elle frémit de nouveau, prise d'un doux vertige. Un baiser, elle y songeait sans se l'avouer depuis un bon moment. Et, à présent, ils avaient un excellent prétexte.

— Javier, je…

— Oui ?

— Je... je ne sais plus ce que je voulais dire !

— Alors, taisez-vous.

Lentement, il se pencha et prit son visage entre ses larges paumes pour l'attirer à lui. Kate ferma à demi les yeux et se laissa aller. Son langage corporel contredisait totalement ce qu'elle venait de lui affirmer, mais tant pis. De toute façon, elle n'avait pas la volonté de le repousser.

Les doigts de Javier caressaient doucement sa joue, déclenchant une succession de petits frissons incoercibles. Son regard brûlant plongea dans le sien, puis ses lèvres s'entrouvrirent, alors qu'il s'inclinait vers elle...

Une petite voix affolée retentit alors en elle : « Si tu ne dis rien, il va t'embrasser ! Il pensera même que c'est ce que tu désires. Et il aura peut-être raison ! »

Jamais elle n'avait vu d'aussi près sa peau mate au grain serré, ses pommettes saillantes, son front haut. Son haleine tiède lui chatouillait le nez. Elle ferma les yeux, inspira son parfum tentateur...

— On peut apprendre beaucoup de choses d'une personne rien qu'à la façon dont elle embrasse, chuchota Javier.

— Ah bon ? haleta-t-elle, trop bouleversée pour réfuter cette affirmation pseudo-scientifique.

— Mais pour cela, il faut que les deux partenaires soient parfaitement synchrones...

Il mordillait doucement sa lèvre inférieure. Pouvait-on appeler cela un baiser ? Non, sûrement pas...

— Ce serait prendre un trop gros risque si nous nous embrassions pour la première fois en public, devant l'autel, murmura-t-il encore.

— Vous... vous avez raison. Je n'y avais pas pensé.

— Il faut réfléchir à chaque détail.

Cette fois, la bouche de Javier fondit sur la sienne et, le cœur battant, elle lui abandonna ses lèvres. Alors que son sang se mettait à circuler plus vite dans ses veines, elle fut surprise, presque déçue par la légèreté et la douceur de son baiser qui ne dura qu'un bref instant.

Lorsque leurs lèvres se séparèrent, elle eut l'impression de quitter un rêve merveilleux pour retomber dans une réalité plate et banale.

— C'était… pas mal, articula-t-elle en feignant un détachement qu'elle était à cent lieues d'éprouver.

Ils étaient si proches qu'elle voyait les pépites dorées qui étincelaient au fond de ses yeux bleus.

— Vraiment ? Voyons la suite, alors…, chuchota-t-il, avant de reprendre sa bouche.

Cette fois, son baiser n'avait plus rien de léger. Il captura ses lèvres, et sa langue vint à la rencontre de la sienne pour explorer sa bouche, profondément, de manière si érotique que Kate, dans une plainte langoureuse, lui noua les bras autour du cou.

Plus tard, peut-être, elle songerait qu'il l'avait embrassée dans l'intention délibérée de jouer avec ses sens. Mais, pour l'heure, seules comptaient les vagues voluptueuses qui déferlaient en elle, de plus en plus brûlantes…

Quand il s'écarta, Kate avait glissé la main sur la nuque de son compagnon, ses doigts se mêlant à ses cheveux sombres. Elle tremblait, éperdue de désir. Il lui fallut plusieurs secondes pour réussir à ouvrir les yeux et s'arracher à sa délicieuse torpeur.

Elle se rendit compte alors qu'elle était étroitement pressée contre lui, dans une posture alanguie. Avec une exclamation sourde, elle se rejeta en arrière et le regarda, yeux écarquillés. Elle s'attendait à une remarque ironique de sa part, mais il avait l'air aussi déconcerté qu'elle-même par ce qui venait de se produire.

— Ex… excellente… séance d'entraînement, balbutia-t-elle. Bien que, à dire vrai, je doute que vous en ayez besoin.

Rendre à César ce qui était à César… On pouvait reprocher bien des choses à Javier Montero, il n'en restait pas moins qu'il embrassait divinement. Cela ne signifiait pas forcément qu'il était un amant exceptionnel, cependant on pouvait légitimement le supposer !

Enfin, elle n'en aurait jamais le cœur net.

— Vous non plus, vous n'avez pas tellement besoin de pratique, répliqua-t-il.

Mal à l'aise, Kate s'agita sur son siège. Elle lui devait peut-être une explication pour sa réponse passionnée. C'est ce qui arrivait quand on se consacrait exclusivement à sa carrière en ignorant ses pulsions les plus basiques… Mais elle ne pouvait avancer cet argument sans passer pour une personne pathétique et frustrée.

— Nous pouvons nous rendre à la cérémonie, maintenant, dit-elle enfin.

— Je crois que, pour le baiser final, il nous faudra une version plus *soft*.

— N'ayez crainte ! Je pense être capable de me retenir d'arracher vos vêtements ! répliqua Kate, mortifiée.

— Etes-vous nerveuse ?

— Bien sûr. C'est la première fois que je me marie et je ne maîtrise pas comme vous l'art de la dissimulation ! Je me sentirais plus à l'aise si j'étais sûre… qu'il n'y aura pas trop de surprises.

— Ne vous inquiétez pas, il n'y aura que nous, le *padre*, Sarah et son mari.

Incapable de réfréner sa curiosité, Kate demanda :

— Cette Sarah… comment est-elle ?

— Très douce et, d'un point de vue émotionnel, beaucoup moins aguerrie que vous.

Kate fut surprise — et un peu vexée — de découvrir qu'il la tenait pour une sorte d'amazone des relations humaines. Lui qui avait à peu près la sensibilité d'un roc !

— Si vous le dites, laissa-t-elle tomber d'un air pincé.

— Je vous ai froissée ?

— Pas du tout. Et puis, qu'importe ! Les femmes comme moi gèrent leurs émotions.

— Je ne voulais pas vous insulter, au contraire. Vous êtes pleine de ressource, dynamique. Peu de femmes ont votre assurance et votre esprit d'indépendance. En comparaison, Sarah est si fragile ! Elle est beaucoup moins armée que vous pour affronter les exigences de la vie moderne.

— Vous voulez dire que si vous l'aviez accusée d'être en cheville avec un trafiquant de drogue notoire, elle aurait...

— Jamais je n'aurais commis pareille méprise !

— Oh, alors je vais la reconnaître tout de suite : ce sera la fille dénuée de tout instinct criminel, contrairement à moi qui irradie l'infamie.

— Ne soyez pas si sarcastique !

Comme Kate ne relevait pas, il reprit :

— J'ai rencontré Sarah en Angleterre, dans une clinique où ma sœur suivait une cure de désintoxication. Sarah y était traitée de son côté pour anorexie mentale.

Kate sentit son visage se décomposer.

— Votre sœur se droguait ?

— Oui.

En dépit de sa réponse laconique, elle devina que ce drame avait durement affecté Javier. Il appartenait à cette catégorie d'hommes qui endossent la responsabilité de chaque événement touchant leurs proches. Kate soupira. Elle comprenait maintenant pourquoi il avait pris tellement à cœur le trafic mené par Luis Gonzales au sein de l'hôtel.

— Ma sœur a sympathisé avec Sarah et, plus tard, elle l'a invitée à passer des vacances à Majorque.

— Et vous êtes tombé amoureux d'elle ? Dites-moi, vous n'essayez pas de la rendre jalouse en la prenant comme témoin à notre mariage, au moins ? s'inquiéta soudain Kate.

— Mais non, voyons !

— Et votre sœur ? Est-elle tirée d'affaire ?

— Oui, Dieu merci. Actuellement, elle étudie l'histoire à Oxford.

— Tant mieux ! commenta Kate avec sincérité. La toxicomanie engendre une souffrance terrible. Heureusement, vous étiez présent pour votre sœur quand elle a eu besoin de vous.

— Comment le savez-vous ?

— Eh bien… je le suppose, c'est tout. Vous êtes… enfin, vous êtes typiquement le genre d'homme sur qui on peut compter en cas de problème, voilà ! Mais je peux me tromper, ajouta-t-elle d'un air taquin, pour masquer son embarras. Je ne suis pas forcément bon juge de la nature humaine.

Il y eut un court silence, avant que Javier consente à lui rendre son sourire. Puis, de nouveau, il tourna la clé dans le contact et fit démarrer la voiture qui s'éloigna sur la route.

105

9.

— L'église est au cœur du village, il y a vraiment peu de
place pour se garer, expliqua Javier qui marquait un arrêt pour
permettre à une vieille dame vêtue de noir de traverser la rue
étroite. Nous allons laisser la voiture ici et continuer à pied, si
vous n'y voyez pas d'inconvénient.

— Cela ne me gêne pas du tout, répondit Kate, surprise qu'il
lui demande son avis sur un détail aussi mineur.

Javier fit une manœuvre pour garer la voiture entre deux
maisonnettes en pierre. Ils sortirent ensuite du véhicule et lon-
gèrent les façades pimpantes avec leurs balcons en fer forgé
ornés de jardinières fleuries. Au bout de quelques minutes de
marche, Javier s'arrêta pour attendre Kate qui peinait sur ses
talons hauts et s'était laissé distancer.

— Ce n'était peut-être pas une bonne idée, murmura-t-il.

— Vous… auriez… dû… me laisser ! plaisanta-t-elle en
ahanant.

— Attention à la marche…

Kate ignora la main qu'il lui tendait et assura :

— Pas de problème… Je vois très bien, j'ai mes lentilles
de contact.

— Vous avez des yeux magnifiques.

Elle trébucha et préféra faire comme si ses escarpins étaient fautifs plutôt que de le laisser soupçonner qu'un banal compliment suffisait à la déséquilibrer.

— Sommes-nous encore loin ?

— Non, tout près. Aussi, pourquoi diable vous êtes-vous juchée sur de telles échasses ?

— Je ne pouvais pas imaginer qu'il me faudrait faire un trekking de cinq kilomètres avant d'atteindre l'église ! Si j'avais su, j'aurais mis des tennis.

— Vous allez finir par vous fouler la cheville. Je ferais mieux de vous porter…

Mais la pensée de se retrouver serrée contre ce torse puissant bouleversa davantage Kate qui objecta hâtivement :

— J'ai une meilleure idée ! Je vais continuer nu-pieds.

— Vous ne pouvez pas arriver nu-pieds à votre mariage…

— Pourquoi pas ?

— Parce que ce ne serait pas convenable.

Kate pouffa :

— Vous voilà bien respectueux des conventions pour quelqu'un qui vient de s'acheter une femme !

— Que racontez-vous ? Je ne vous ai pas achetée !

— Disons qu'il s'agit plutôt d'un bail à court terme. Je reste propriétaire de moi-même.

— Sinon, nul doute que vous feriez payer le prix fort, hein ? railla-t-il.

— Pas du tout. Quand je rencontrerai la bonne personne, ce sera un don total et désintéressé de ma part.

Embarrassée par ces paroles qu'elle n'avait pu s'empêcher de prononcer d'un ton emphatique, Kate se baissa brusquement pour ôter ses escarpins. Puis, une chaussure dans chaque main, elle courut sur les pavés, toute légère, et dépassa Javier.

— Allons, ne restez pas planté là les deux pieds dans le même sabot ! Bougez-vous, secouez-vous ! s'écria-t-elle en se retournant pour agiter une chaussure en l'air.

Un sourire éclaira son visage. Leurs regards se rencontrèrent et Kate sentit son cœur se mettre à battre follement. A cet instant, un jeune garçon juché sur une bicyclette jaillit en trombe d'une venelle transversale. Il fit un écart pour éviter Kate, rasa Javier et se lança dans la descente en soulevant dans son sillage un nuage de poussière.

Javier jeta une bordée d'imprécations furieuses et leva le poing en direction du cycliste qui était déjà rendu au bas de la rue. Kate revint sur ses pas.

— Ça va ? Votre beau costume est tout sale, fit-elle remarquer en désignant une traînée blanchâtre sur sa veste. Ne bougez pas, je vais le brosser doucement…

— Mon *beau* costume ? Je croyais que vous trouviez mon style vestimentaire trop passe-partout ? Ai-je mal compris ?

— Non. Vous êtes toujours tiré à quatre épingles et je trouve la perfection assommante.

— Et suis-je plus séduisant couvert de poussière ?

Elle feignit de réfléchir à la question et esquissa une petite moue dubitative.

— Je ne sais pas…

— En tout cas, je vais peut-être vous paraître horriblement guindé, mais n'espérez pas me voir ôter mes chaussures !

Ils marchèrent en silence pendant une minute avant de parvenir en haut de la butte où se dressait une petite chapelle de pierre blanche.

— Qu'elle est jolie ! s'exclama spontanément Kate.

— N'est-ce pas ? Elle est très ancienne. Mon grand-père et ma grand-mère s'y sont mariés. Ils avaient fait connaissance après la guerre, à Madrid, où le père de ma grand-mère était diplomate. Elle était déjà fiancée à un jeune consul et grand-père a dû l'enlever.

— Comme c'est romantique !

— N'est-ce pas ? Ils se sont enfuis à Majorque et, par la suite, ma grand-mère a toujours eu un faible pour cette île.

Il n'y avait aucune raison particulière pour que cette anecdote rende Kate un peu coupable, pourtant c'est bel et bien ce qui se produisit. N'étaient-ils pas sur le point de commettre un sacrilège ? La perspective d'une cérémonie religieuse l'avait gênée d'emblée, mais Javier avait été catégorique sur ce point : aux yeux de Felipe Montero, un mariage civil ne vaudrait même pas le papier du certificat.

— C'est donc pour amadouer votre grand-père que vous avez choisi cette église ?

— On ne l'amadoue pas aussi aisément, croyez-moi ! Non, j'ai juste pensé que cet endroit charmant convenait parfaitement pour un mariage discret.

— Je comprends. De cette façon, vous êtes certain de ne croiser personne susceptible de poser des questions gênantes…

A sa grande surprise, il lui saisit vivement la main pour l'obliger à s'arrêter.

— Je ne me cache de personne, Kate, déclara-t-il gravement. Quand quelqu'un me pose une question à laquelle je ne souhaite pas répondre, je me tais, tout simplement.

— Je vois. Si les balles se mettaient à siffler autour de votre tête, vous estimeriez indigne de vous de vous jeter à plat ventre comme tout le monde ?

— Vous ne tarderez pas à découvrir que j'ai un instinct de survie particulièrement développé.

— Mais aucun sens commun, apparemment. Quoi qu'il arrive, vous refusez de faire profil bas. Vous êtes trop têtu.

— Si vous avez fini de m'insulter, voulez-vous venir de ce côté ?

Il n'avait pas lâché sa main et, le plus naturellement du monde, il l'entraîna vers une petite fontaine près de laquelle se dressait une statue de la Vierge. Kate le suivit, essayant de ne pas penser à ses doigts prisonniers des siens, même si ce geste anodin lui donnait l'impression de se liquéfier.

— Regardez, quelqu'un a déposé un bouquet, dit-elle en montrant une petite gerbe de fleurs aux pieds de la statue.

— C'est une offrande. On dit que cette source a des propriétés magiques.

— De quelle nature ?

— Tenez, asseyez-vous là, lui enjoignit-il au lieu de répondre, en désignant un gros rocher qui émergeait du sol.

Kate obtempéra. Il alla alors plonger ses mains en coupe dans la fontaine emplie d'une onde cristalline, puis revint s'agenouiller devant elle. Comprenant enfin son intention, elle s'écria :

— Non ! Vous n'allez pas…

— Je n'épouserai pas une femme qui a les pieds sales !

Doucement, il fit ruisseler l'eau sur son pied. Celle-ci était si froide que Kate poussa un petit cri. Mais la sensation était très agréable par ce temps de canicule. Javier leva les yeux et lui sourit. Troublée, elle détourna la tête et se laissa faire, passive, tandis qu'il procédait de même avec le second pied, ce qui lui parut prendre une éternité.

Si le matin même quelqu'un lui avait dit qu'on lui laverait les pieds et qu'elle trouverait cette situation extraordinairement érotique, elle aurait certainement été prise de fou rire !

— Ces propriétés magiques ? Quelles sont-elles ? insista-t-elle pour dissimuler son trouble.

— On dit que cette source assure la fertilité aux femmes.

— Oh !

Kate jeta un coup d'œil à l'innocent filet d'eau qui alimentait la fontaine et un rire nerveux lui échappa.

— Les gens croient-ils vraiment à ces sornettes ?

— On dirait bien que oui, puisqu'ils laissent des offrandes.

— Mais vous ? Vous n'y croyez quand même pas ?

— Je ne suis pas superstitieux, toutefois je respecte les croyances d'autrui et je suis convaincu qu'on perd beaucoup si l'on tourne le dos à ses racines et aux traditions.

Kate médita ces paroles un moment. Javier était la dernière personne sur terre dont elle aurait attendu une telle opinion.

— Personnellement, je préfère abandonner au passé la bigoterie et les craintes d'un autre âge, rétorqua-t-elle enfin.

— Etes-vous sûre que ce ne sont pas vos propres peurs qui vous gênent ? La peur des choses troublantes que la science ne peut pas expliquer ? Enfin, nous n'allons pas entamer ce débat. Le moment serait mal choisi. Tenez, enfilez vos chaussures et suivez-moi. Le mariage ne peut pas commencer sans nous.

— Vous êtes un homme extrêmement dirigiste ! s'emporta-t-elle en regardant, indécise, la main qu'il lui tendait.

— Peut-être, mais j'ai beaucoup de qualités.

— Je parie que c'est une femme qui vous l'a dit ?

— Plusieurs, en réalité.

— Vous êtes arrogant, imbu de vous-même et superstitieux !

Finalement, après une longue hésitation, elle se décida à lui abandonner sa main. Javier réprima un soupir de satisfaction. Il se félicitait des progrès accomplis. Kate se montrait enfin coopérative, il devait maintenant gagner sa confiance. Cet objectif l'obsédait presque autant que les charmes de son corps qu'il rêvait de posséder, même s'il avait conscience des difficultés que cela créerait. Mais son propre corps se souciait fort peu de la prudence que prônait sa raison.

— Tout le monde est superstitieux à sa façon, répliqua-t-il. Que ce soit le footballeur qui ne porte en match que sa paire de chaussettes fétiche ou le banquier qui jette une pincée de sel par-dessus son épaule pour conjurer le mauvais sort.

— Je ne crois pas à de telles fadaises !

— En êtes-vous sûre ?

— Certaine !

— Eh bien… prouvez-le.

— Quoi ? Je ne peux pas vous le prouvez…

— Si, au contraire : buvez un peu de cette eau de source, dit-il avec un geste en direction de la fontaine.

— Je n'ai pas soif.

Il haussa les sourcils, la considéra d'un air goguenard.

— Vous voyez, fit-il, une note de triomphe dans la voix. Tout le monde a ses petites superstitions !

Piégée, Kate leva les yeux au ciel, avant de se diriger vers la fontaine d'un pas mal assuré sur le sol inégal.

— Très bien ! Si cette eau n'est pas potable et si je tombe malade, vous serez entièrement responsable !

Elle recueillit un peu d'eau au creux de sa paume, but une gorgée, puis deux, sans cesser de regarder Javier avec défi. L'eau était glacée, revigorante, d'un goût plutôt agréable.

— Alors ? lança-t-elle en se redressant.

— Je suis très impressionné.

Comme ils se remettaient en route, Kate jeta un regard incertain à Javier qui avait repris son masque impassible. En dépit de cette petite victoire, elle avait l'impression diffuse qu'il l'avait manipulée pour la mener exactement là où il le voulait.

Déconcertée, elle préféra reporter son attention sur l'église, qui était encore plus jolie vue de près. Elle aperçut, assis sur un petit banc installé à l'ombre d'un citronnier, un jeune couple qui bavardait à mi-voix. On devinait à leur attitude qu'ils étaient proches et, en les observant de loin, Kate éprouva un pincement de jalousie.

Sur ces entrefaites, elle se tordit légèrement la cheville dans une ornière du chemin. Son cri fit lever la tête des deux inconnus. La jeune femme, menue et très blonde, se leva aussitôt, la mine radieuse, et se précipita vers Javier. Son compagnon aux cheveux sombres, qui tenait dans ses bras un nourrisson aussi brun que lui, se mit debout à son tour mais demeura en retrait.

— Javier, te voilà enfin ! Tout cela est si soudain et excitant ! Je n'arrive pas à y croire… Tu te maries !

Kate sentit Javier se raidir à son côté. Elle l'entendit retenir sa respiration. Sans réfléchir, elle lui pressa la main. Aussitôt, il tourna la tête vers elle et son visage exprima une réelle surprise lorsqu'il comprit qu'elle tentait simplement de le réconforter. Le pli qui barrait son front disparut et il esquissa un sourire. Un sourire qui n'avait rien d'ordinaire. Et Kate comprit, dans chaque fibre de son être, que ce moment était vraiment particulier — les citronniers, l'odeur du jasmin par ce chaud après-midi resteraient à jamais gravés dans ses souvenirs. Quelque chose d'enfoui très profond en elle venait de se libérer d'un seul coup… grâce à un simple sourire.

Javier pivota juste à temps pour recevoir la jeune femme blonde qui se jetait dans ses bras.

— Bonjour, Sarah.

Kate reporta son attention sur celle qui avait ravi le cœur de Javier. Son étonnement était de taille. Sarah n'avait pas grand-chose à voir avec le top model qu'elle avait imaginé. Petite, presque gracile, elle avait de grands yeux d'un bleu profond, un petit nez droit semé de taches de rousseur et un sourire empreint de douceur. Elle était très féminine, comme ces femmes qui éveillent immanquablement les sentiments chevaleresques chez les hommes. En tout cas, c'est bien ce qui s'était produit avec Javier. Kate, qui de toute sa vie n'avait jamais éprouvé l'envie d'être protégée par un compagnon, ressentit de nouveau une pointe de jalousie malvenue.

— Sarah, je te présente Kate, ma future femme.

Kate esquissa un sourire crispé. Javier s'était exprimé d'un ton empli de fierté et aucune personne témoin de la scène n'aurait pu soupçonner qu'il s'apprêtait à contracter une union de pure convenance.

« Du moment que *moi* je ne perds pas de vue le but réel de l'opération… ! » songea-t-elle en réfrénant un soupir.

— Kate, voici Sarah, enchaîna Javier. Et, bien sûr, Serge… mais vous vous êtes déjà rencontrés. Et enfin, voici le petit Raul. *Madre mia*, il a encore grandi depuis la dernière fois que je l'ai vu !

— Tu ne viens pas nous voir assez souvent ! rétorqua Sarah, une note sévère dans la voix. Maintenant, Kate réussira peut-être à te convaincre de passer plus souvent. N'est-ce pas, Kate ? Je peux compter sur vous ?

— Je… hum… je ferai de mon mieux.

Elle n'allait tout de même pas répondre que son influence sur son futur époux était insignifiante ! De toute évidence, Sarah ignorait les raisons qui poussaient Javier à convoler.

Serge s'avança à son tour vers Kate, l'air manifestement embarrassé. Leurs regards se croisèrent et il la salua d'un hochement de tête formel. Lui au moins ne pouvait croire que Javier faisait un mariage d'amour !

— Mademoiselle Anderson…

— Appelez-moi Kate, proposa-t-elle pour atténuer sa gêne. Je suis heureuse de vous revoir. Et assez surprise, je l'avoue, ajouta-t-elle avec un regard de reproche adressé à Javier.

Il aurait quand même pu la prévenir que Serge serait son témoin ! Elle avait l'impression de se trouver brutalement projetée au beau milieu d'une tragédie grecque. Serge savait-il que Javier aimait Sarah ? Cette dernière en avait-elle conscience ? Si oui, ce n'était pas très correct de sa part de se cramponner à lui de cette manière.

Kate reporta son attention sur Serge qui se racla la gorge et ajusta soigneusement le bob qui protégeait le bébé du soleil. Celui-ci avait l'air minuscule contre sa large poitrine et Kate retint un soupir. Qu'importe les grosses cylindrées ! A ses yeux, il n'y avait rien de plus séduisant qu'un homme viril tenant dans ses bras un tout petit enfant.

— Votre fils est adorable ! dit-elle dans un élan de sincérité.

Dans son dos, elle entendit Sarah taquiner Javier :

— Alors ? Tu ne m'embrasses plus ? Je vais me vexer !

Kate leva un regard inquiet sur Serge et fut soulagée de le voir observer la scène avec une indulgence amusée. Cependant, elle-même réagit tout autrement lorsqu'elle se tourna pour voir Sarah suspendue au cou de Javier. L'indignation l'étouffa. Si cette fille était au courant des sentiments de Javier, elle se comportait vraiment de façon très provocante !

« On dirait que tu es jalouse ! » susurra une petite voix dans sa tête. Et, perturbée, elle se hâta se détourner les yeux. Mais, déjà, Sarah s'approchait d'elle. Son regard bleu avait une lueur si amicale que Kate se trouva dans l'impossibilité de lui faire grise mine.

La jeune femme lui tendit un joli bouquet de fleurs noué d'un ruban de velours bleu, ainsi qu'un paquet cadeau.

— Je les ai cueillies dans notre jardin. Je ne savais pas si vous auriez le temps de… J'espère que cela ne vous dérange pas ? s'inquiéta-t-elle.

— Au contraire ! Merci beaucoup.

— Nous sommes si heureux que Javier ait enfin trouvé l'âme sœur !

Kate éprouva des remords cuisants pour les pensées peu charitables qu'elle avait eues envers cette femme charmante. Les yeux de Sarah s'embuaient. Elle était en train de se laisser gagner par l'émotion et son mari, amusé, lui tendit un mouchoir.

— Javier est l'homme le plus attentionné du monde, affirma Sarah en reniflant. Enfin, inutile de vous le dire, vous le savez déjà, bien sûr.

Javier intervint :

— Kate me trouve arrogant et autoritaire. N'est-ce pas, *querida* ?

— Entre autres ! convint Kate en le bravant du regard pour lui montrer qu'elle n'avait pas peur d'entrer dans son petit jeu.

A l'intention de Sarah, elle ajouta :

— Vous le connaissez depuis plus longtemps que moi. A-t-il toujours eu ces façons dictatoriales ?

— Javier, je crois qu'elle t'a cerné ! s'exclama Sarah, malicieuse, avant d'enchaîner un ton plus bas : Voyons, Kate, racontez-moi tout. Serge a été d'une discrétion absolue sur ce point. Quand avez-vous fait la connaissance de Javier ?

— Il n'y a pas très longtemps.

— Je vois. Le temps ne compte pas quand on rencontre la personne qui vous est destinée. Dites-moi, où allez-vous vivre ? Surtout, ne soyez pas effrayée par la barrière linguistique. Moi-même, je ne comprenais pas un mot d'espagnol avant de venir habiter à Majorque. Et, aujourd'hui, je le parle couramment. N'est-ce pas, Serge ?

— Très juste, *querida*. Ecoute, je ne voudrais pas vous presser, mais… le *padre* nous attend.

— D'accord, d'accord, nous arrivons. Je sais bien que je suis bavarde, mais… Au moins, laissez le temps à Kate d'ouvrir son cadeau. C'est pour vous, Kate, pas pour Javier, précisa encore Sarah avec un petit sourire entendu.

Kate déposa le bouquet entre les mains de Javier pour avoir les mains libres. Une fois le papier cadeau arraché, elle découvrit avec surprise une magnifique mantille, visiblement ancienne.

— C'est… c'est trop beau, je ne peux pas accepter ! balbutia-t-elle.

— Elle n'est pas vraiment à moi. Disons que c'était un emprunt. Javier me l'a prêtée le jour de mon mariage. Elle appartenait à sa mère. Aujourd'hui, c'est à vous de la porter, Kate.

— Je... je...

Elle se trouva à court de mots. Comment expliquer à cette incorrigible romantique qu'elle était sans doute la dernière personne au monde que Javier souhaitât voir porter cette relique précieuse ?

Mais, à la plus grande surprise de Kate, Javier résolut son dilemme en saisissant le voile de dentelle qu'il posa doucement sur ses cheveux, avant d'en arranger les plis autour de son visage.

— Elle lui va à merveille ! s'exclama Sarah, enthousiaste. Kate est si belle avec !

— Oui, très belle, convint Javier d'une voix grave.

Kate sentit sa gorge se nouer. Comme son regard croisait celui de Javier, une onde sensuelle la parcourut, juste au moment où la porte de la chapelle s'ouvrait.

« Seigneur, je ne peux pas faire ça ! », songea-t-elle, désemparée.

Mais, déjà, Javier l'entraînait vers la chapelle. Et, contre toute attente, un calme profond envahit Kate lorsqu'elle pénétra dans la minuscule église. Etait-ce l'atmosphère fraîche et sereine qui agissait comme un baume sur ses nerfs à vif ? Quoi qu'il en soit, le moment venu, elle répondit d'une voix claire et ferme aux questions que lui posait le prêtre. Elle avait l'esprit tellement accaparé par la cérémonie et l'homme qui se tenait à ses côtés qu'elle entendit à peine les gazouillis du petit Raul sagement assis sur les genoux de Serge.

Javier, en revanche, paraissait singulièrement tendu. Peut-être avait-il redouté qu'elle se dérobe à la toute dernière minute ? Kate elle-même avait eu quelques craintes mais, quand il releva la mantille, elle trouva tout naturel de lui rendre son baiser.

C'est seulement lorsqu'elle sortit au grand air au bras de son mari — oui, son mari ! — et que les rayons du soleil lui chatouillèrent le visage, qu'elle prit pleinement conscience de sa situation. Elle en fut si secouée qu'elle écouta à peine Sarah qui s'excusait des pleurs soudains du bébé.

— Il a faim, le pauvre ! expliqua-t-elle en prenant le nouveau-né des bras de son mari. Voulez-vous m'excuser un instant ? Je vais trouver un endroit tranquille pour l'allaiter.

La main de Kate se crispa soudain sur le bras de Javier. Le sol tanguait dangereusement sous ses pieds. Avancer devenait de plus en plus difficile. Elle avait chaud, la tête lui tournait…

— Je… crois que j'ai besoin de m'asseoir un instant, murmura-t-elle.

Javier poussa une exclamation en la voyant chanceler. Il la rattrapa de justesse et, d'un ample mouvement, la souleva dans ses bras pour aller la déposer sur le petit banc de pierre, à l'ombre du citronnier.

Yeux clos, Kate luttait contre son vertige.

— C'est stupide, dit-elle. J'aurais dû prendre un petit déjeuner, mais j'avais l'estomac si noué ce matin que…

— Vous me rassurez ! Un instant, je me suis demandé si ce n'était pas cette commotion cérébrale qui avait un effet retard. S'il s'agit seulement d'hypoglycémie… J'espère au moins que vous ne faites pas partie de ces femmes qui s'affament pour garder la ligne ?

— En ai-je l'air ? répliqua-t-elle avec un faible sourire.

Elle ouvrit les yeux et, avec un petit soupir, cala sa tête contre l'épaule robuste de son mari.

— Vous êtes si pâle ! Vous avez l'air d'un fantôme ! murmura-t-il.

Serge, qui s'était tenu discrètement en retrait, s'approcha finalement et proposa :

— Venez chez nous, Javier. Kate pourra se reposer à l'ombre et manger un morceau. Nous comptions sur vous pour dîner, de toute façon.

— Nous verrons, Serge. Merci, en tout cas. Il faut que j'aille chercher la voiture…

— Vas-y. Je reste tenir compagnie à Kate.

Bien que très réticent, Javier finit par se rendre à cette idée. Kate, qui se sentait mieux, aurait bien réglé la question en se déclarant capable de marcher jusqu'au véhicule, mais elle n'osait se fier à ses jambes flageolantes. Mieux valait se montrer raisonnable.

Serge vint s'asseoir sur le banc, tandis que Javier s'éloignait à grands pas. Kate le regarda jusqu'à ce qu'il disparaisse de son champ de vision. Le silence s'éternisa. Enfin, Serge s'enquit d'une voix coupante :

— Vous avez des sentiments pour lui ?

Kate sursauta.

— Pardon ?

— Vous l'aimez ?

Elle haussa les épaules, furieuse du ton de reproche qu'il adoptait, et elle eut un rire cassant.

— Comment pourrais-je l'aimer ? Je ne le connais pas ! Javier m'a épousée afin de prendre le contrôle de l'entreprise familiale.

— C'est ce qu'il vous a dit ? J'imagine que vous n'avez pas encore rencontré Felipe Montero ?

— Nous ne fréquentons pas les mêmes cercles, figurez-vous.

— Si vous l'aviez rencontré, vous sauriez que jamais il n'a eu l'intention de déshériter son petit-fils. C'est une menace en l'air qu'il jette de temps en temps pour montrer sa mauvaise humeur, mais c'est tout simplement hors de question.

— Pas du tout ! Ils se sont querellés. Felipe Montero a exigé que Javier se marie le plus vite possible, sinon…

Serge balaya l'argument d'un geste de la main :

119

— Je sais, ils se querellent à tout bout de champ. Ils sont aussi têtus l'un que l'autre, mais cela n'empêche pas Felipe d'adorer Javier. C'est lui qui l'a élevé après la mort de sa mère. Le saviez-vous ?

— Non… De quoi est-elle morte ?

— D'une overdose. C'est Javier qui l'a découverte. Il n'avait que dix ans à l'époque.

— Mon Dieu ! murmura Kate, attristée. Quelle épreuve terrible ! Cette vision doit être gravée dans sa mémoire… Et son père ? Est-il décédé lui aussi ?

— Non. Le suicide de sa femme l'a énormément culpabilisé. Vous comprenez, elle l'adorait et lui… il la trompait, sans même se donner le mal d'être discret. Après sa mort, il est resté quelque temps en Espagne, avant de fuir pour de bon. Je crois qu'actuellement il vit dans un ranch au Venezuela. Il est parti en laissant son fils sous la garde de Felipe qui est le seul véritable père dont Javier se souvienne.

— Mais… je ne comprends pas ! bredouilla Kate. Si ce que vous dites est vrai… s'il sait que jamais son grand-père ne le privera de son héritage… pourquoi a-t-il voulu m'épouser ?

— Il doit avoir ses raisons.

Manifestement, cela suffisait à satisfaire Serge. Mais pas Kate, dont la tête tournait de nouveau.

— Il m'a menti ! s'écria-t-elle.

— Peut-être. Toutefois je pense qu'il tient à vous.

— Que voulez-vous dire ? Vous êtes fou, nous nous connaissons depuis quarante-huit heures à peine. Et je ne suis pas du tout son genre…

— Moi, je suis tombé amoureux de Sarah au premier regard…

— Javier aussi et cela ne lui a pas réussi ! rétorqua Kate, avant de se rendre compte, effarée, de sa maladresse. Oh, mon Dieu ! Je suis désolée, je ne voulais pas…

Serge leva la main dans un geste apaisant.

— Ne vous excusez pas, je suis au courant depuis longtemps, assura-t-il.

— Vraiment ? Et… cela ne vous gêne pas ?

Kate était sidérée. Les Espagnols étaient pourtant réputés pour leur nature jalouse et possessive. Comment Serge pouvait-il être indifférent au fait que Javier convoite son épouse ? Même s'il avait entière confiance en lui… il se pouvait très bien qu'un jour, Javier succombe à la tentation et tente sa chance. Une femme, même mariée, même heureuse en couple, aurait alors peu de chance de lui résister !

— Pourquoi serais-je gêné, Kate ? Sarah n'a jamais rien soupçonné et je ne vois pas pourquoi j'irais le lui dire maintenant. Je sais que Javier ne lui en parlera jamais et, de votre côté…

— Je ne lui en soufflerai mot, vous avez ma parole.

— Parfait. Laissez-moi vous raconter une histoire qui vous aidera peut-être à comprendre pourquoi Javier sera toujours le bienvenu chez moi. Sarah souffre d'une malformation congénitale qui l'empêche de concevoir un enfant de façon naturelle. Elle craignait même que je la rejette à cause de cela ! se souvint Serge avec un sourire attendri, comme si l'idée même lui semblait totalement saugrenue. Bref, une fois mariés, nous avons économisé pour payer une fécondation in vitro, mais… la première tentative a échoué et nous n'avions pas les moyens de poursuivre le traitement. Sarah en a été très atteinte et elle s'est mise à déprimer…

— Pourtant, vous avez Raul !

— Oui. Grâce à Javier. Il a payé les fécondations in vitro suivantes et la troisième a été la bonne. Sarah est tombée enceinte et… Raul est né !

Kate demeura coite d'étonnement. L'histoire lui semblait d'autant plus extraordinaire que Javier, fou d'amour pour Sarah, aurait pu se contenter d'attendre que son mariage se délite petit à petit. Au lieu de cela, poussant l'altruisme jusqu'à son comble, il était intervenu et avait payé de ses propres deniers l'opération qui avait rendu le bonheur aux Simeone !

Cette anecdote accentuait la complexité de sa personnalité déjà difficile à saisir… mais le rendait tellement plus attachant que le macho de base pour lequel elle l'avait pris à l'origine !

Il y avait heureusement très peu de circulation à l'intérieur du village, car Javier venait carrément de bloquer la route en garant sa voiture le plus près possible de l'église.

Kate leva les yeux au ciel en le voyant faire. A cet instant, Sarah réapparut, le petit Raul dans les bras.

— Ohé, Kate ! appela-t-elle. Comment vous sentez-vous ?

— Très bien, maintenant. Mais je n'ai pas le droit de bouger. Javier m'a interdit de marcher.

— Serge m'a dit que vous vous étiez évanouie… Oh, vous ne seriez pas enceinte, par hasard ?

— Enceinte ? Non ! Pas du tout…

— C'est dommage. Il ne faudrait pas qu'il y ait trop d'écart entre Raul et votre aîné.

Kate tomba des nues, mais sa surprise ne devait pas s'arrêter là. Elle entendit bientôt Javier qui venait à leur rencontre, déclarer à la cantonade :

— Kate n'attend pas encore de bébé, mais cela ne saurait tarder puisqu'elle a bu l'eau de la source miraculeuse.

— Je… j'avais soif, c'est tout ! se défendit-elle.

— Voyons, Javier, ne la taquine pas, tu vois bien que tu la fais rougir, s'interposa Sarah. J'espère que je ne vous ai pas offensée, Kate ? Mais vous vous êtes mariés si rapidement et avec une telle discrétion qu'un instant, j'ai supposé… Enfin, vous me comprenez.

Kate se mit à bredouiller furieusement. Heureusement, Javier vola à son secours :

— Comme tu le sais, Sarah, la santé de mon grand-père décline. Je n'ai pas voulu lui imposer la fatigue qu'occasionne un grand mariage. D'un autre côté... Kate et moi ne souhaitions pas attendre. N'est-ce pas, *querida* ?

Il lui lança un regard brûlant d'amant empressé et Kate, incapable de répondre, hocha la tête tandis qu'un frisson troublant s'emparait d'elle.

10.

Contrairement à la suite nuptiale du club-hôtel, celle-ci disposait de deux chambres distinctes. Kate, un peu ensommeillée après avoir somnolé dans la voiture, se réveilla tout à fait en découvrant dans la commode des vêtements neufs — la plupart signés des couturiers qu'elle préférait sans avoir les moyens de s'offrir leurs créations — et dans la salle de bains, son parfum favori. Ce n'était certainement pas une coïncidence.

— Comment saviez-vous que… ?

— Chut, coupa Javier, un verre de whisky à la main. Une douche vous fera sûrement le plus grand bien. A moins que vous ne préfériez manger un morceau avant ?

— Passons sur le parfum, mais je ne peux accepter que vous m'achetiez des vêtements !

— Vous acceptez des millions de livres mais quelques tenues vous gênent ? Décidément, je ne comprendrai jamais la logique des femmes !

— Ce n'est pas pareil, vous le savez bien…

— Voyons, vous êtes désormais mon épouse et en tant que telle, vous devez projeter une certaine image.

— Vous n'aimez peut-être pas ma façon de m'habiller, mais vous ne me transformerez pas pour autant en poupée Barbie ! Si vous avez pris rendez-vous chez le coiffeur et la relookeuse, vous pouvez tout de suite annuler ! Cela ne faisait pas partie du contrat. Je vous avais prévenu que vous investissiez votre argent dans la mauvaise personne, pourtant vous vous êtes obstiné. Alors maintenant, si vous avez honte de moi devant vos amis et votre famille, tant pis pour vous !

A la suite de cette diatribe, loin de se sentir soulagée, Kate éprouva une soudaine envie de pleurer. Elle se maîtrisa à grand-peine sous le regard perplexe de Javier qui finit par émettre un long sifflement.

— Je savais que vous ne pourriez arriver avec une valise à notre mariage sans provoquer l'étonnement autour de nous, aussi ai-je pris sur moi de faire acheter ces quelques vêtements, expliqua-t-il tranquillement. J'ai demandé qu'ils soient avant tout classiques et pratiques, ce qui correspond à votre style vestimentaire habituel.

— Oh…

— Si j'avais voulu jouer au sultan prodigue, je ne vous aurais pas épousée, en effet. Vous êtes la femme la plus rétive que je connaisse ! Il n'en reste pas moins que nous devrons assister à diverses manifestations où la tenue de gala est de rigueur. Libre à vous d'acheter vos vêtements chez les couturiers de prêt-à-porter, mais je pensais que vous vous sentiriez plus à l'aise si vous vous fondiez dans la masse.

Après avoir descendu en flammes tous ses arguments et lui avoir donné mauvaise conscience en prime, il but calmement une gorgée de whisky, puis ajouta :

— Et il se trouve que j'aime beaucoup votre coiffure. En disant cela, je prends le risque de vous voir vous précipiter chez le coiffeur le plus proche pour teindre vos cheveux en violet ou les faire couper — mais j'avoue que je serais déçu si vous changiez quoi que ce soit.

— Hum… j'ai peut-être réagi trop vivement à propos de ces vêtements… toutefois vous auriez dû me dire que nous viendrions ici, dans la montagne. Mes parents vont s'inquiéter…

Cette idée accentua son malaise. Que dirait-elle à ses parents ? « Maman, papa, je me suis mariée hier, mais ne vous tracassez pas, cela ne va rien changer à ma vie ! » Sauf que ce n'était pas vrai du tout. Son existence était déjà chamboulée.

— Je leur ai fait parvenir un message pour leur expliquer que vous vous sentiez mieux et que je vous emmenais chez des amis où nous passerions la nuit, déclara Javier qui venait de se laisser tomber avec désinvolture dans le canapé.

— Que de mensonges !

— Pas du tout. Serge est un ami et il est également le gérant de cet hôtel. N'êtes-vous pas satisfaite des dispositions que j'ai prises ?

— Si. Il semble que vous ayez pensé à tout.

— N'exagérons rien. J'ai essayé de faire de mon mieux. Y voyez-vous un inconvénient ?

— Non, c'est juste que… j'ai l'habitude de m'assumer et que je trouve étrange d'être ainsi prise en charge.

— C'est vrai, vous êtes une femme moderne et indépendante !

— Ne prenez pas ce ton paternaliste avec moi ! Je veux juste dire que… je me sens un peu manipulée.

Javier se releva, si brusquement que Kate ne put s'empêcher de reculer d'un pas. Il s'était rembruni, tout à coup. Parce qu'il regrettait de l'avoir épousée ? Parce qu'il se sentait déjà mal vis-à-vis de cette union de façade ?

Il alla ouvrir la porte-fenêtre qui donnait sur le balcon en fer forgé, puis, accoudé à la balustrade, il se retourna pour faire face à Kate. Avec ses épais cheveux sombres soulevés par la brise nocturne, sa chemise blanche qui se détachait contre le velours noir de la nuit, il était beau à couper le souffle.

— J'ai cru que vous voudriez mettre certaines choses au point avant de revoir vos parents, dit-il. Vous ne pensiez tout de même pas retourner au club-hôtel ce soir pour partager le bungalow de votre sœur ?

— En fait, j'ai eu l'esprit tellement accaparé par le mariage que je n'y ai même pas songé. Combien de temps serons-nous obligés de…

—… vivre ensemble ?

— J'allais dire « faire semblant d'être mariés », corrigea-t-elle, car l'expression qu'il venait d'employer évoquait une intimité dérangeante.

— Mais nous sommes mariés. J'ai en ma possession les papiers qui l'attestent.

Kate se retint de soupirer. Lâchement, elle préféra biaiser plutôt que de relever le défi qu'elle lisait dans les prunelles bleues de son compagnon.

— Cet hôtel a vraiment l'air splendide, observa-t-elle en gagnant à son tour le balcon qui surplombait l'immense cour intérieure illuminée de lanternes.

Elle se pencha par-dessus la rambarde pour admirer la fontaine de pierre en contrebas. Le doux ruissellement de l'eau montait jusqu'à eux. Bien que la nuit fût tombée, on distinguait la masse sombre et imposante des montagnes environnantes.

— J'avais repéré cet endroit dans la brochure touristique. Je le préférais au club-hôtel comme lieu de séjour, mais Susie s'y est opposée. Elle n'aime que le bord de mer.

Javier ne répondit pas. Kate tourna la tête vers lui et frémit, surprise de trouver son visage si proche du sien. A la lueur de la lampe restée allumée dans le salon, son teint mat prenait des reflets mordorés, et elle remarqua la flamme qui dansait au fond de ses pupilles dilatées. Elle pouvait sentir l'haleine de son compagnon lui chatouiller la joue et eut soudain l'impression que ses jambes devenaient aussi molles que du caoutchouc. Comme s'il l'avait deviné, Javier glissa un bras ferme autour de sa taille et elle se retrouva lovée contre lui, haletante, éperdue, les mains crispées sur ses robustes épaules, comme une noyée cramponnée à sa bouée de sauvetage.

Le regard de Javier tomba sur ses lèvres et s'y fixa. Immobile, alanguie, Kate attendait… espérait… mais les secondes s'écoulaient et sa frustration grandissait. Elle crut que son cœur allait éclater à force de battre si fort.

Enfin, un murmure plaintif franchit ses lèvres :

— Je vous en prie…

Alors, la bouche de Javier s'écrasa sur la sienne et elle eut l'impression d'être propulsée sur-le-champ au septième ciel. Soulevée par une onde de pure sensualité, elle se livra avec un total abandon, rendue folle de désir par ce baiser dont elle languissait depuis si longtemps.

Yeux fermés, elle savoura les caresses de Javier quand ses lèvres viriles s'égarèrent sur sa joue, son front, dans ses cheveux, avant de réclamer de nouveau sa bouche, lui arrachant un autre gémissement.

— Tu es si belle ! dit-il dans un souffle.

Comme mus d'une volonté propre, les doigts tremblants de Kate s'attaquèrent maladroitement aux boutons de la chemise de Javier, qui finirent par céder un à un. Elle poussa un soupir de bien-être quand elle put enfin faire glisser ses paumes sur le torse puissant dont la tiédeur l'enchanta. Elle avait tant rêvé de cet instant ! La peau hâlée de son compagnon était satinée et douce, ferme, exactement comme elle l'avait imaginé… en mieux !

Instinctivement, elle y posa sa bouche pour déposer une pluie de doux baisers. Elle ne ressentait plus ni embarras ni pudeur. Seul comptait le brasier que Javier avait allumé en elle et qu'il lui fallait absolument éteindre.

— Je veux te faire l'amour, murmura-t-il d'une voix enrouée.

— Alors qu'est-ce que tu attends ? Une invitation écrite ? Touche-moi ! Caresse-moi ! s'écria-t-elle, au bord des larmes.

Un sourire de triomphe naquit sur les lèvres de Javier et lui fit chavirer le cœur. Sa main virile se posa à la naissance de sa gorge et s'y attarda délibérément, cruellement, avant de s'arrondir enfin autour d'un sein frémissant. Une décharge d'adrénaline fusa en Kate. Elle faillit pousser un cri de déception quand la main de Javier la quitta, mais c'était pour ouvrir la fermeture Eclair de sa robe qui tomba alors à ses pieds.

Elle n'avait plus que ses sous-vêtements et frissonnait dans l'air tiède et parfumé de la nuit. A cet instant, elle éprouva son premier moment de gêne en songeant à ses cicatrices. Machinalement, elle voulut cacher son bras dans son dos, mais Javier l'en empêcha et posa ses lèvres sur la petite veine bleue qui pulsait sur son poignet, avant de remonter doucement sur son coude, puis jusqu'à son épaule. Il dégrafa son soutien-gorge, libérant ses seins pour mieux leur rendre hommage. Alors, totalement déconnectée de la réalité, Kate s'arqua en arrière, ses longs cheveux lui balayant les reins…

Ni lui ni elle n'entendirent tout d'abord la sonnerie du téléphone. Puis, ils l'ignorèrent par entente tacite et, finalement, agacé par l'insistance de ce bruit désagréable, Javier s'écarta doucement.

— Je reviens tout de suite, promit-il.

De sa démarche souple, il traversa le salon et décrocha le combiné. Kate reprit petit à petit ses esprits et, peu désireuse qu'un client de l'hôtel l'aperçoive nue sur le balcon, regagna la suite après avoir prestement ramassé sa robe.

Javier s'entretenait avec son interlocuteur dans un espagnol auquel Kate ne comprit goutte mais, quand il raccrocha quelques secondes plus tard, elle comprit immédiatement à sa mine sombre que quelque chose de très grave venait de se produire.

Rapidement, elle enfila sa robe avant d'interroger Javier du regard.

— Mon grand-père vient de mourir, déclara-t-il d'une voix blanche.

— Oh, mon Dieu… Je croyais que…

— Son cancer n'a rien à y voir. Son avion s'est écrasé. C'est bizarre, non ?

— Oh, Javier, je suis navrée…

Comme elle tendait la main vers lui, il ébaucha un mouvement de recul. Son expression demeurait dure, lointaine. Difficile de croire que c'était le même homme qui, l'instant d'avant, lui avait fait découvrir un univers voluptueux dont elle ignorait l'existence !

— Je dois y aller, dit-il d'un ton bref. On a besoin de moi.

— Bien sûr, répondit-elle d'une voix atone.

Pourtant, au fond d'elle-même, elle avait envie de lui crier : « Mais toi, de qui as-tu besoin ? Qui va te réconforter ? »

— Notre jet privé viendra me chercher à l'aube.

Le cerveau engourdi de Kate commençait à enregistrer les informations que Javier lui donnait. « *Je* dois y aller… L'avion viendra *me* chercher… ». Tout cela ne la concernait pas. Bien sûr, maintenant que l'aïeul de son époux n'était plus, il n'avait plus à feindre quoi que ce soit. Son rôle à elle était terminé.

Il n'avait plus besoin d'elle.

L'image du visage de Javier crispé par la passion s'imposa à elle. Elle retint un rire amer. Oh, il la désirait, il n'y avait aucun doute là-dessus ! Mais cela s'arrêtait là.

— Tu dois regretter de m'avoir épousée aussi rapidement, lança-t-elle. Si tu avais attendu un jour de plus…

— Le destin nous joue parfois des tours, à sa façon.

— Pourquoi m'as-tu épousée, Javier ? Serge m'a dit que ton grand-père n'a jamais songé à te déshériter.

— C'est exact. J'ai fait semblant de prendre ses menaces au sérieux. Il a toujours adoré jouer au *pater familias* et je voulais que ses derniers jours soient les plus heureux possibles.

— Et moi, que vais-je devenir ?

Un silence profond envahit le salon. Visiblement, Javier n'était pas pressé de le rompre. Enfin, il demanda :

— Quels sont tes désirs ?

Elle haussa les épaules et, d'un filet de voix, répondit, la mort dans l'âme :

— Moi ? Je… je crois qu'il vaut mieux que les choses redeviennent comme avant, non ? Puisque de toute façon personne n'est au courant… à part Serge et Sarah…

En son for intérieur, elle savait que désormais, plus rien ne serait comme avant. Son existence avait été bouleversée. Même si elle avait fait tout son possible pour l'éviter, elle était tombée amoureuse de Javier. Eperdument amoureuse. Oh, Seigneur !

— Comme tu voudras, répliqua-t-il d'un ton glacé. Dans ce cas, je vais demander qu'on te ramène au club-hôtel.

— Merci.

— Maintenant, si tu veux bien m'excuser… Je dois téléphoner à ma sœur pour la mettre au courant.

Le visage fermé, il inclina légèrement la tête dans sa direction et se détourna.

Depuis plusieurs heures maintenant, Kate était étendue sur le lit. L'oreille aux aguets, elle entendait Javier qui arpentait nerveusement la pièce voisine. Il ne dormait pas. Et elle ne pouvait rien faire pour soulager son chagrin. Il la repousserait, c'était sûr.

Finalement, un silence encore plus angoissant s'abattit dans l'autre chambre. Au bout de quelques minutes, Kate ne put plus le supporter. Elle se leva et, sur la pointe des pieds, s'avança vers la porte de communication. Si Javier s'était assoupi, elle jetterait seulement un coup d'œil avant de s'éclipser. Sinon… eh bien, elle aviserait le cas échéant.

Javier ne dormait pas.

A la lueur de la lampe de chevet, elle le découvrit assis sur le lit, encore tout habillé, la tête plongée entre ses mains. Son cœur se serra à cette vision.

— Tu devrais prendre un peu de repos, chuchota-t-elle. Je t'ai entendu marcher et…

Il releva vivement les yeux.

— Je t'empêche de dormir ? Pardonne-moi…

— Il s'agit bien de cela ! coupa-t-elle avec impatience.

Les traits de Javier reflétaient une si vive souffrance qu'elle eut envie de le prendre dans ses bras, d'appuyer son front contre son sein et de lui caresser doucement les cheveux comme elle le ferait avec un petit garçon. Bien entendu, il en serait horrifié. D'ailleurs, il la considérait maintenant avec une irritation manifeste.

— Que cherches-tu, alors ? Oh, je vois ! Tu viens me consoler ? Peut-être même es-tu prête à m'offrir ton corps pour me distraire de ma peine ?

Kate frémit sous le sarcasme mais conserva son calme.

— Tu ne te débarrasseras pas de moi aussi facilement, rétorqua-t-elle.

En réalité, elle était loin d'éprouver la confiance qu'elle affichait. Les doutes et les questions se bousculaient en elle. Se jeter à la tête de l'homme qu'on aimait quand on savait qu'il ne partageait pas vos sentiments était une entreprise risquée…

Avec une profonde inspiration, elle s'avança vers le lit et, posément, fit glisser les fines bretelles de sa chemise de nuit sur ses épaules nues.

— Que fais-tu ? lança Javier.

— Cela me paraît évident, non ?

La chemise glissa le long de son corps et tomba sur le sol en un doux bouillon de soie. Javier retint son souffle.

— Je ne te demande pas de faire un tel sacrifice ! lâcha-t-il d'une voix bourrue.

— En fait, ce n'est pas à toi mais à moi que je songe. Il faut toujours achever ce que l'on a commencé, susurra-t-elle en lui coulant un regard éloquent entre ses paupières mi-closes.

Elle occulta la petite voix effarée qui criait en elle : « Mais Kate, ce n'est pas toi ! Tu ne peux pas te conduire ainsi ! Pas toi ! » Mensonges ! Jamais elle ne s'était sentie plus en accord avec elle-même. Son assurance lui revenait à une vitesse étonnante.

— *Madre mia*, tu es magnifique ! murmura-t-il.

— J'ai froid…, dit-elle d'une petite voix.

D'un geste brusque, il tira les draps à côté de lui. Kate prit son élan et courut le rejoindre. Une excitation délicieuse s'emparait d'elle et elle se sentait prête à s'abandonner tout à fait.

Fébriles, ils s'enlacèrent. Leurs mains et leurs bouches se cherchèrent. Aussitôt, Kate eut l'impression qu'une brûlure lancinante s'éveillait dans son ventre et au bout de ses seins frémissants. Les lèvres de Javier happèrent un téton et, tandis qu'il le titillait doucement, Kate crut défaillir, incapable de réfréner un long gémissement d'extase. Puis, la main de Javier se glissa audacieusement entre ses cuisses pour la caresser au plus intime d'elle-même. Tandis qu'il s'attardait sur la zone la plus sensible de son être, Kate se sentit fondre. Elle avait tant attendu qu'elle ne put que s'ouvrir pour l'inviter à prendre possession de son corps qui réclamait le sien. Javier se redressa alors et ôta ses vêtements avec une frénésie qui trahissait la violence de son désir. Enfin, il se dressa au-dessus d'elle, entièrement nu. Kate se laissa distraire quelques secondes par la vision de ce corps magnifique aux muscles tendus, puis la passion balaya tout sur son passage. Elle lui tendit les bras.

— Ne dis rien ! chuchota-t-elle en l'attirant contre elle.

Elle le reçut dans un cri de bonheur qu'il étouffa sous un baiser torride. Tout d'abord, il demeura immobile, savourant les sensations uniques qu'ils partageaient en cet instant… Puis, comme elle le suppliait soudain, il plongea de nouveau en elle, lui arrachant une autre plainte, puis une autre… La spirale du plaisir se déroula, fulgurante, jusqu'à l'explosion finale qui donna à Kate l'impression de se trouver au cœur d'un feu d'artifice multicolore.

La deuxième fois, Javier lui fit l'amour bien plus doucement et longuement, avec une telle intensité que, parvenue à l'extase, elle fondit en sanglots irrépressibles, avant de poser sa joue contre l'épaule de son mari et de s'endormir d'un coup.

Elle se réveilla aux premières lueurs de l'aube, pour découvrir qu'elle était seule dans la chambre. Javier était parti.

11.

Le patron de Kate, un homme d'ordinaire peu expansif, vint
en personne la féliciter pour le brio avec lequel elle avait plaidé
l'affaire Benton. Un peu gênée par son enthousiasme, Kate
l'écouta avec un sourire crispé tandis qu'il louait son inspiration et son acharnement qui, disait-il, faisaient d'elle l'un des
membres les plus précieux de son équipe.

Ces éloges étaient mérités dans la mesure où Kate arrivait
au cabinet juridique le matin avant tout le monde et repartait
la dernière, sa mallette pleine de dossiers qu'elle continuait
d'étudier le soir. Cette immersion dans le travail était censée
lui accaparer totalement l'esprit. Pourtant, en dépit de son
épuisement lorsqu'elle s'effondrait sur son lit, le souvenir de
Javier ne la quittait jamais.

Il se rappelait à sa mémoire par des petits détails parfois
ridicules : un homme particulièrement grand croisé dans les
rues de Londres ; un accent espagnol repéré dans le bus ou le
métro… Et le jour où une secrétaire était rentrée d'un séjour
à Majorque, dithyrambique sur les beautés de l'île, Kate avait
dû s'enfermer un quart d'heure dans les toilettes le temps de se
ressaisir. Ensuite, elle avait passé une nuit blanche à se tourner
dans son lit et à ressasser ses souvenirs obsédants.

Au bureau, personne ne s'était rendu compte que depuis
ses vacances à Majorque, Kate avait beaucoup changé. Ses

collègues avaient à peine remarqué qu'elle ne portait plus ses lunettes à monture métallique. Et, ce soir, ils croyaient qu'elle s'amusait autant qu'eux à ce gala de charité auquel assistait toute l'équipe.

Ian, son voisin, attendit que leur patron se fût éloigné de leur table pour lui chuchoter avec envie :

— Eh bien, tu as fait forte impression sur le vieux Sampson ! Tu es devenue sa chouchoute !

— Il a un peu exagéré. Sans doute a-t-il bu plus que de raison ?

— Tu plaisantes ? C'est un quaker, il ne boit jamais une goutte d'alcool.

Ian s'était penché pour saisir la bouteille de vin posée au centre de la table. Voyant qu'il s'apprêtait à la servir, Kate posa vivement la main sur son verre.

— Non, merci, pas pour moi.

— Voyons, tu n'as même pas trempé tes lèvres dans ta coupe de champagne !

Kate lui jeta un regard agacé. Il était tard, le dîner était terminé et les invités, qui avaient enduré plusieurs discours longs et ennuyeux, avaient maintenant hâte de danser et de se détendre un peu, Ian le premier. D'ordinaire charmant, ce dernier avait parfois des réactions intempestives lorsqu'il était légèrement éméché, ce qui était le cas ce soir-là.

— N'insiste pas, je n'aime pas le vin, répondit-elle avec fermeté.

Sandy, l'avocate assise face à Kate, lui décocha un coup d'œil acéré. Bien que celle-ci n'eût pas bronché, Kate la soupçonna d'avoir deviné la raison réelle de son abstinence.

— Moi, j'en veux bien une larme, Ian, intervint Toby, avant de poursuivre à l'intention de Kate : Sampson doit avoir peur que tu ne nous quittes pour rejoindre un cabinet concurrent.

Ian fronça les sourcils :

136

— Alors, la rumeur disait vrai ? Tu as reçu une proposition de Hargreaves & St. John ? Evidemment, ce doit être plus facile d'avoir une promotion quand papa est là pour glisser deux mots à la personne qui prend les décisions, marmonna-t-il.

— Tu sais très bien que Kate est courtisée pour son talent et non à cause d'un quelconque piston ! s'indigna Toby.

Les deux hommes échangèrent un regard hostile. Heureusement, l'arrivée des deux autres avocates qui partageaient leur table créa une diversion. Toutes deux semblaient très excitées.

— Devinez qui nous venons de voir ? s'écria Lucy.

— Donnez-nous un indice, dit Kate. S'agit-il d'une actrice, d'un homme politique, d'une tête couronnée ?

— C'est un homme. Et quel homme ! s'extasia Amanda.

— Et vous l'avez rencontré dans les toilettes des dames ? A votre place, je me méfierais de lui ! plaisanta Kate.

La tablée éclata de rire. Lucy haussa les épaules :

— Il n'était pas aux toilettes, il vient d'arriver en compagnie de Je-ne-sais-plus-qui, ce ministre qui a publié un roman policier récemment…

— Seigneur, tu es vraiment d'une ignorance crasse en politique ! s'exclama Toby en riant. Allez, viens plutôt danser.

Il se leva et entraîna sa jolie collègue vers la piste illuminée de guirlandes électriques. Sandy, frustrée, reporta sa curiosité sur Amanda :

— Alors, de qui s'agit-il ? Brad Pitt ?

— Rien que ça ! s'esclaffa Kate.

— Non, encore mieux ! répondit l'autre d'un air triomphant, avant de se figer en regardant derrière Kate : Oh, Seigneur ! Le voilà et il se dirige vers nous !

— Et après ? s'énerva Ian. On s'en fiche, de ce type ! Viens, Kate, allons danser nous aussi.

— Je n'ai pas très envie…

— Ne fais pas ta pimbêche ! Tu ne vas pas rester les fesses collées sur ta chaise toute la soirée !

Cette fois, Ian devenait franchement pénible. Kate allait répliquer plus vivement quand une voix mâle retentit dans son dos :

— Elle vient de vous dire qu'elle ne souhaitait pas danser.

Kate ferma les yeux un court instant. Elle sentit le sang se retirer brusquement de ses joues, puis son cœur se mit à cogner si fort dans sa poitrine qu'elle n'entendit plus le brouhaha des conversations autour d'elle.

La mine belliqueuse, Ian se redressa. Il n'était pas très costaud et, en temps normal, jamais il n'aurait cherché des noises à un adversaire plus grand que lui. Mais ce soir, l'abus d'alcool le rendait téméraire. Il bomba le torse.

— Je ne vois pas ce qui vous permet de…

— Non, Ian. Laisse tomber, déclara Kate d'une voix curieusement égale étant donné son état général proche de l'évanouissement.

Comme dans un rêve, elle se retourna, se préparant mentalement à la vision qui allait l'assaillir… et reçut pourtant un choc encore plus violent que prévu. Elle riva tout d'abord son regard aux prunelles bleues et, comme hypnotisée, se pétrifia. Puis, ce fut l'odeur familière de son eau de Cologne qu'elle reconnut avec émotion.

Ce n'était décidément pas un rêve. Javier était bien là devant elle, en chair et en os, aussi beau que dans son souvenir. Non… encore plus !

Toujours muette, elle détailla sa haute silhouette athlétique mise en valeur par l'impeccable smoking qui le rendait à la fois sexy et élégant… Non, il n'avait pas changé.

Les secondes s'écoulèrent. Kate se rendit enfin compte du silence stupéfait qui régnait autour de la table. Tous les convives les observaient. Javier, accoutumé à attirer l'attention générale, ne bronchait pas et continuait de la dévisager, imperturbable. Seul un petit muscle qui saillait le long de sa mâchoire trahissait sa tension.

— Elle ne dansera pas avec vous. Lâchez-la, ordonna-t-il à Ian d'une voix pleine de morgue.

Cette fois, Ian eut la sagesse de ne pas insister. Il se rassit brusquement, l'air offusqué.

— Qui c'est, celui-là… ? Pour qui… se prend-il ? bégaya-t-il sous l'effet conjoint de la surprise et de l'ébriété.

— C'est Javier Montero, le magnat espagnol ! chuchota Sandy.

Indifférent aux autres, Javier ne quittait pas Kate des yeux.

— Tu veux danser avec moi, Kate ? C'est incroyable, *querida*, mais nous n'avons jamais dansé ensemble.

Un murmure de stupeur s'éleva. Kate se mordit la lèvre. Pourquoi Javier lui infligeait-il une telle scène en public ? Que faisait-il ici ? S'agissait-il d'une coïncidence ou… peut-être était-il venu pour demander le divorce ?

— Tu le connais, Kate ? s'étonna Toby.

— Hum… oui, un peu…

— *Un peu ?* répéta Javier en haussant les sourcils. C'est vrai, je ne suis *que* son mari…

— Hein ? fit Ian.

— Quoi ? s'exclama Toby.

Sandy poussa un petit cri de surprise et Amanda demeura coite. Kate se prit brusquement la tête à deux mains. Elle n'eut pas le temps de se ressaisir. La main de Javier se referma autour de son poignet et il la força à se lever. L'instant d'après, il l'emmenait sur la piste de danse.

— Oh, mon Dieu ! Mais qu'est-ce que tu fais ? gémit-elle.

— J'essaie de ne pas te marcher sur les pieds. Suis la musique, *querida*.

— Non, que fais-tu *ici* ? Tu passais à Londres, tu n'avais rien de mieux à faire et tu t'es dit : « Tiens, pourquoi ne pas empoisonner la vie de Kate ? »

— Ce n'est pas drôle.

En effet, il ne riait pas du tout. Son regard très sérieux restait rivé sur elle.

— Si c'est un divorce éclair que tu veux, tu aurais pu demander à ton avocat de m'envoyer une lettre. J'aurais été beaucoup plus coopérative. A présent, je me sens plutôt mal disposée à ton égard !

— Cela m'étonnerait de toi. Tu n'es pas du genre rancunier.

— Tu ne comprends donc pas ? Maintenant, tout le monde va être au courant !

Sans répondre, Javier l'entraîna au rythme de la musique et, malgré elle, elle éprouva une vague de sensations grisantes à se retrouver nichée contre lui. Sa main, délicatement posée au creux de ses reins, déclencha un délicieux frisson qui remonta le long de son dos. Elle soupira.

— Tu es très belle ce soir, *querida*, chuchota-t-il près de son oreille. Je comprends que ton petit ami se montre aussi pressant. Malheureusement pour lui, tu es une femme mariée…

— Ian n'est pas mon petit ami ! Et quand bien même… cela ne te regarderait pas !

— Oh, que si ! Nous nous sommes peut-être mariés pour de mauvaises raisons, mais notre engagement n'en reste pas moins valide.

— Tu as du culot ! C'est quand même toi qui m'as quittée ! se récria-t-elle.

Une mélancolie inattendue lui serra la gorge et elle refoula les larmes qui lui montaient aux yeux.

— Tu n'imagines pas à quel point cela a été dur pour moi, répondit-il. Mais je croyais obéir à tes ordres. Tu m'as dit que tu souhaitais retrouver ta vie d'avant…

— Oui, c'est exactement ce que je veux !

— Je me suis conduit comme un idiot…

— Es-tu venu pour demander le divorce ?

Javier partit d'une rire amer qui la blessa. Sans prévenir, il s'immobilisa au milieu de la piste où évoluaient d'autres couples.

— Je suis venu parce que tu me manquais terriblement, Kate.

— Je… je ne te crois pas !

Elle chercha son regard et, pour la première fois, remarqua les signes du stress sur son visage, ses traits tirés, les cernes sous ses yeux. Il avait maigri aussi. Sans doute subissait-il le contrecoup du décès de son grand-père et des responsabilités nouvelles qui lui incombaient désormais… En tout cas, il n'allait visiblement pas bien. N'y avait-il donc personne dans son entourage pour prendre soin de lui et exiger qu'il se ménage un peu ?

Bien sûr, si elle avait été auprès de lui…

— Tu es fatigué, Javier. Cela saute aux yeux. Tu ne devrais pas te surmener.

— Je manque juste de sommeil. Cela fait six semaines que je n'arrive pas à dormir à la pensée de te savoir loin de moi, peut-être dans les bras d'un autre… Dis-moi, est-ce que tu vois quelqu'un ? demanda-t-il avec une soudaine brusquerie.

Un petit démon intérieur la poussa à répondre :

— Je te l'ai dit, cela ne te concerne pas.

— Ne me pousse pas à bout, Kate !

Elle capitula.

— Non, je ne vois personne.

Il poussa un long soupir de soulagement.

— Quant à moi, je ne regarde plus les autres femmes. Je t'ai aimée au premier regard, mais je n'en ai pris conscience que bien plus tard, quand tu t'es évanouie à l'église, juste après notre mariage. Ensuite… je t'ai laissée partir, comme un idiot que je suis !

Kate osait à peine en croire ses oreilles. Ainsi, il l'aimait ! Lentement, elle absorba l'émotion qui la ravageait, puis son cœur se gonfla d'une allégresse qu'elle n'avait jamais éprouvée. D'une main hésitante, elle lui caressa doucement la joue.

— Je… je n'arrive pas à y croire , Javier ! J'ai rêvé si souvent de ce moment…

— Laisse-moi te convaincre.

Elle s'abandonna au baiser fiévreux de son mari, insouciante de tout le reste, pour ne songer qu'à sa bouche qui dévorait la sienne, à ses mains qui encerclaient sa taille. A lui surtout, dont elle languissait tant depuis de longues semaines…

— Hum ! Hum !

Près d'eux, quelqu'un se raclait la gorge avec insistance. A regret, ils s'écartèrent l'un de l'autre.

— Toby ?

— Je voulais juste vous informer que la musique s'est arrêtée depuis environ cinq minutes et que tout le monde vous regarde dans la salle, dit ce dernier avec un large sourire.

— Mon Dieu ! murmura Kate, horriblement gênée de découvrir les regards amusés braqués sur eux.

Elle devait être rouge comme une pivoine. Javier, lui, réagit avec l'assurance qui le caractérisait :

— Je ne vois pas ce qu'il y a de mal à embrasser sa femme !

— Tu oublies que les Anglais sont prudes, intervint Kate.

— Je ne l'avais pas remarqué ! rétorqua-t-il avec un sourire narquois qui la fit s'empourprer de plus belle. Bien, il est temps de tirer notre révérence, je crois. Toby, si vous voulez bien nous excuser…

Sans plus attendre, il entraîna Kate vers la sortie. Quelques importuns tentèrent bien de l'aborder en chemin, mais il sut s'en débarrasser poliment, quoique de manière expéditive.

— Je n'ai même pas pris ma veste ! protesta Kate au moment où ils émergeaient au-dehors.

— Tu n'en auras pas besoin. La nuit est douce.

Ils prirent place dans la somptueuse limousine noire qui attendait sur le parking. Sur un signe de Javier, le chauffeur démarra.

— Nous avons planté là ce pauvre Toby… Ce n'est pas très gentil, murmura Kate, lovée contre son mari.

— Il ne s'en formalisera pas. Il m'a l'air d'un jeune homme ouvert et compréhensif.

— Comment le sais-tu ?

— Ma première impression est souvent la bonne.

— Ah bon ? Et qu'as-tu pensé de moi au tout début ?

— J'ai tout de suite compris que les ennuis allaient commencer !

Kate se mit à rire.

— Et j'ai peur qu'ils ne continuent ! enchaîna-t-elle. Enfin… si tu désires vraiment prolonger notre mariage.

— Quelle question ! Mais c'est à toi que je devrais la poser. Etre ma femme ne sera pas de tout repos. En premier lieu, je suis souvent la cible des paparazzi. C'est une contrainte pesante à laquelle tu devras t'habituer.

— Je suis prête à endurer bien plus… pour le bonheur de vivre à tes côtés !

— Alors, je suis l'homme le plus heureux du monde, prononça-t-il gravement. Mais je dois également te prévenir qu'il te sera difficile de mener de front ta carrière et les obligations qui…

— Tu ne vas tout de même pas me demander de renoncer à travailler ? s'exclama-t-elle.

— Non, pour qui me prends-tu ? Jamais je n'exigerai cela de ta part. Il faudra juste faire quelque aménagements indispensables. Je sais quel mal tu t'es donné pour en arriver à ce niveau professionnel. Et puis… je t'aime ainsi, ma chérie : fonceuse, indépendante, spontanée, courageuse et têtue ! Moi qui pensais avoir un goût pour les demoiselles fragiles… je suis tombé sur une femme de tête qui n'a nul besoin de moi !

— Tu te trompes. J'ai besoin de toi et de ton amour. Mais je comprends… tu fais allusion à Sarah ?

— Oui. Notre union aurait été un vrai désastre si elle avait été amoureuse de moi. Moque-toi de moi si tu veux mais, auprès d'elle, je me prenais pour une espèce de chevalier blanc. Or, Sarah n'avait pas besoin d'un protecteur, seulement d'un homme qui l'aimait et elle l'a reconnu au premier coup d'œil. Serge a bien de la chance, mais… je ne l'envie plus. En te rencontrant, j'ai compris qu'il était bien plus excitant d'avoir une partenaire dotée d'une forte personnalité, qui sache me surprendre à tout instant. Tu ne sais pas à quel point tu m'as manqué, Kate ! Combien de fois au cours de ces six semaines ai-je pensé : « Tiens ! il faudra que je parle de cela à Kate… », pour me rappeler dans la seconde que tu te trouvais à des milliers de kilomètres ! Combien de fois ai-je décroché le téléphone, impatient d'entendre le son de ta voix ! Mais ma stupide fierté m'empêchait de composer ton numéro…

Kate nageait dans le bonheur. Bercée par les paroles rassurantes de Javier, elle se convainquait peu à peu que tout cela était bien réel. Ils s'aimaient, ils s'étaient retrouvés. Tout allait bien.

Il ne lui restait plus qu'une chose à faire.

— Javier, il faut que je te dise…

— Oui, *querida* ?

— Ces aménagements dont tu parlais… Ils seront sans doute plus importants que tu ne le pensais.

— Pourquoi ?

— Tu sais que je ne suis pas superstitieuse, cependant…

Il la regarda sans comprendre, puis ses yeux s'agrandirent soudain et il se redressa contre la banquette pour lui saisir le menton d'une main impérieuse.

— Tu… tu ne veux pas dire que… ?

Kate esquissa un lent sourire.

— Si ! J'ai même fait deux tests pour être plus sûre. Je suis enceinte.

— Et… que ressens-tu ? s'inquiéta-t-il.

— Je suis malade chaque matin. Je ne supporte plus l'odeur du café, mais à part ça…

— Non, je veux dire… comment réagis-tu à cette grossesse ?

— Ma foi, je ne m'étais jamais imaginée en mère de famille, admit-elle en posant instinctivement la main sur son ventre plat. Mais, une fois le premier choc passé, je me suis mise à danser de joie comme une idiote ! Je ne pense plus qu'à cela et je suis transportée de joie, Javier. Bien sûr, je n'attends pas de toi le même enthousiasme, mais…

— Comment peux-tu dire cela ? s'écria-t-il en emprisonnant ses mains dans les siennes et en appuyant son front contre le sien. Je suis fou de bonheur, *querida* ! La femme que j'aime porte mon enfant ! Non, je craignais que tu ne m'en veuilles parce que je n'avais pas pris de précautions et…

— Eh, une minute ! J'étais là, moi aussi. Je ne me suis pas défendue à coups de bâton, que je sache ? Et j'ai vraiment adoré concevoir ce bébé !

Javier éclata de rire.

— Moi aussi, *querida*, j'ai adoré cette nuit-là ! La seule que nous ayons partagée…

— Tu ne pourras plus dire cela demain.

— Oh, oh ! Vous semblez bien déterminée, *señora* Montero !
Si c'est un ordre, je m'y soumets. Il me tarde d'y obéir. Je vais
être le plus docile des époux…

Puis, dans un avant-goût de la nuit qui s'annonçait, il captura
ses lèvres dans un baiser qui lui promettait mille délices à venir
et toute une vie de bonheur.

Avant-première

RED DRESS INK

La collection des citadines branchées

Tournez vite la page
et découvrez en exclusivité
un extrait du roman *City Girl*
de Sarah Mlynowski

City Girl, une comédie détonante
à lire de toute urgence !

A paraître dès le 1ᵉʳ juin

RED
DRESS
INK

1.

Le salaud !

Le salaud ! Comment a-t-il osé me faire ça ?

Atterrée, je relis le mail de Jeremy. Non, le doute n'est plus permis. Tout est terminé. Hagarde, je compose le numéro de Wendy…

D'habitude, c'est Natalie qui assure la hot-line téléphonique en cas de catastrophe mineure : augmentation refusée par rédac' chef mal lunée, couleur de cheveux massacrée, numéro de téléphone du livreur de sushis égaré. Mais là, il s'agit d'un drame de force majeure. Un séisme de niveau dix sur une échelle qui n'en compte que neuf.

L'abomination de la désolation.

L'étendue de la tragédie me commande d'appeler immédiatement Wendy, ma directrice de conscience et ma meilleure amie — sorte d'hybride naturel de Gemini Cricket et de mère Teresa.

J'aggrave mon cas auprès de mon employeur par un appel personnel longue distance à New York ? M'en fiche. De toute façon, ma vie est foutue.

D'un agile coup de souris, fruit d'une longue pratique, je réduis la fenêtre de ma messagerie au format confetti, au cas où la rédac' chef passerait son museau par ma porte. Si elle déboule sans prévenir, Shauna-la-Fouine ne verra sur l'écran de mon ordinateur que la page en cours de correction de *Millionnaire,*

149

cow-boy et futur papa, ce chef-d'œuvre de la littérature moderne que je suis censée relire, et non l'acte de pur sadisme que Jeremy vient de m'envoyer de Thaïlande sous forme de mail.

Envoyer ? Non, assener. Direct dans les dents.

— Wendy Smith, annonce celle-ci de sa voix de business woman over-charrette.

— C'est moi.

— Betty ? Tiens, c'est drôle, je pensais justement à toi. Je dois avoir des pouvoirs psychiques ! plaisante Madame Irma, inconsciente du drame qui vient de me fracasser en plein vol, me laissant plus bas que terre, l'âme brisée et le cœur en mille morceaux (c'est une estimation, on n'a pas encore retrouvé la boîte noire).

Pas de temps pour les mondanités, je vais droit au but. J'aboie, au bord des larmes :

— Ton pendule intérieur ne t'a pas prévenue que ce salaud allait rencontrer la femme de sa vie en Thaïlande ?

Et comme si ça ne lui suffisait pas, qu'il m'enverrait un mail pour me décrire ses turpitudes par le menu ? Le salaud ! Je ne lui adresserai plus jamais la parole. S'il m'envoie un nouveau mail, j'appuierai sur la touche « efface » sans même l'ouvrir. S'il téléphone, je lui raccrocherai au nez. S'il se rend compte qu'il ne peut pas vivre sans moi, saute dans le premier vol pour Boston et se rue chez moi avec un diamant gros comme cinq fois son salaire — je veux dire, en supposant qu'il soit capable de gagner un salaire — je lui claquerai la porte au visage.

Bon, peut-être pas tout de suite. Je lui laisserai d'abord une chance de s'expliquer.

C'est que j'aimerais bien ne pas finir vieille fille, tout de même.

— Le salaud ! s'écrie Wendy. Comment a-t-il osé te faire ça ?

Ce qu'il y a de bien avec Wendy, c'est qu'on est souvent sur la même longueur d'ondes.

— Et d'abord, qui est cette fille ?

— Sais pas. Une bimbo quelconque qu'il aura trouvée en cherchant son moi profond. Il me laisse trois semaines sans nouvelles et hop ! un mail pour me dire « salut, comment ça va, moi ça baigne, je viens de rencontrer l'Amour. »

— Quelle horreur, il a vraiment dit ça ?

Je réprime un rire hystérique. Comme si Jeremy était capable d'écrire le mot amour, ou même de le prononcer ! Au fil des années, j'ai fini par formuler l'hypothèse qu'il souffre d'un handicap génétique lui interdisant de combiner les lettres A-M-O-U-R dans cet ordre précis.

Oh, je le déteste !

— Ce n'est pas exactement ce qu'il a écrit. Il dit seulement qu'il veut que je sache qu'il voit quelqu'un.

— Attends… Je croyais que tu lui avais précisé que tu le laissais libre de faire des rencontres ?

— Justement, c'était pour lui donner l'occasion de me rester fidèle.

Ce jour-là, j'ai surtout raté une occasion de la fermer.

Depuis que j'ai lu son mail, je visionne en boucle le film de ses orgies sous les cocotiers en compagnie de beautés thaïes nues et frétillantes. Et au lieu de concentrer la fine fleur de mon intelligence sur *Millionnaire*, j'imagine Jeremy, dopé aux aphrodisiaques, faisant sauvagement l'amour à une déesse hollandaise d'un mètre quatre-vingts style Claudia Schiffer en talons aiguilles et lingerie sexy sur une plage de sable blanc.

Récapitulons. Au départ, Jeremy était supposé partir un mois en Thaïlande pour faire le point et me revenir transi d'amour, les sentiments galvanisés par la séparation, enfin conscient de la profondeur de sa passion pour moi et fermement décidé à consacrer le reste de ses jours — et de ses nuits — à couvrir mon corps nu de baisers torrides en répétant sur tous les tons le mot A-M-O-U-R.

Pourquoi n'a-t-il rien compris ? Ma demande était pourtant limpide !

— Betty, il faut regarder la vérité en face, annonce Wendy, lugubre. Voilà deux mois qu'il roule sa bosse à travers la Thaïlande. A l'heure qu'il est, il a déjà dû coucher avec la moitié du pays. Si tu me lisais ce mail, que je mesure l'étendue des dégâts ?

Répéter ces horreurs à voix haute dans le bureau ? Plutôt crever de dysenterie sur la paille humide d'un cachot thaïlandais !

— Peux pas. Je te le fais suivre, attends une seconde.

D'un clic rapide, j'expédie l'instrument du mal vers l'adresse e-mail de Wendy. *Millionnaire* revient sur mon écran, ni vu ni connu.

— … là, tu l'as reçu ?

— Oui… un instant, marmonne Wendy, j'ai un autre appel sur la ligne.

Elle me met en attente, et aussitôt, une version instrumentale de *My Way* remastérisée pour ascenseurs m'emplit les oreilles. Un malheur n'arrive jamais seul.

Cette fois-ci je dois pleurer pour de bon car l'écran de mon ordinateur commence à se brouiller, un peu comme quand Jeremy essaie de régler la télévision.

Essayait, puisque je vais devoir m'habituer à parler de lui au passé.

Allons, pensons positif. Pensons joyeux, pensons pétillant ! Pensons pot géant de Häagen Dazs aux noix de pécan devant la vidéo de *Mary Poppins* avec Julie Andrews. Pensons billet de loto gagnant et expédition punitive dans les grands magasins aux rayons des sacs à main, maquillage et lingerie fine, munie d'une carte American Express Gold. Non, achat du grand magasin. Avec les vendeurs masculins, si possible.

Je me sens déjà mieux. L'écran retrouve peu à peu sa netteté. Mais poursuivons notre périple dans les souvenirs heureux… La caresse de Jeremy, quand il dessinait des petits ronds avec son pouce à l'intérieur de mon bras.

Touche « efface ». On recommence.

Le jour où le Pr McKleen m'a donné un dix-huit sur vingt pour ma dissertation sur Edgar Allan Poe. Le jour où on m'a retiré mon appareil dentaire et où je suis restée une heure à me sourire dans le miroir de la salle de bains, ravie de ne plus ressembler à Requin, dans *L'Espion qui m'aimait*. Le jour où ma demi-sœur Iris m'a déclaré qu'elle me considérait comme la fille la plus sexy qu'elle connaisse — Gwyneth Paltrow, en plus jolie.

Allez, tout va bien à présent. Je suis d'une sérénité qui ferait passer le Dalaï-Lama pour une puce sauteuse.

C'est précisément l'instant que choisit Helen, ma voisine de box, pour se pencher par-dessus la demi-cloison qui nous sépare.

Helen est une extraterrestre dotée de superpouvoirs terrifiants, en particulier celui de faire irruption au moment le moins indiqué. Pardon, ce n'est pas possible ? Alors comment fait-elle pour passer sa tête de poule étonnée par-dessus la cloison *juste* quand je viens de me brancher sur *Beauxmecs.com* ? ou pour rôder dans le couloir à l'instant *précis* où j'essaie de me faufiler en douce dans mon box les matins de léger retard ?

Helen est un personnage aussi remarquable qu'exaspérant, qui ressemble un peu à la maman d'E.T. et possède la capacité de nuisance d'un bouton qui vous pousse au milieu du nez pile le jour de la fête de fin d'année, ou de vos règles qui arrivent le matin de la virée à la plage avec votre bande de copains, le jour même où vous aviez prévu d'étrenner votre adorable petit Bikini blanc acheté en solde (une misère !) chez Marks & Spencer.

En la voyant s'agiter à ma droite, je comprends qu'il est urgent de protéger mon espace vital. Il y va de ma survie personnelle. Je fixe ma voisine entre les deux yeux — il paraît que c'est là qu'il faut regarder les poules pour les hypnotiser.

— Oui, Helen ?

Elle me demande, très première de la classe :

— Tu ne peux pas faire moins de bruit ? J'ai du mal à me concentrer.

Fayot ! Je me souviens que le jour de mon arrivée chez Cupidon & Co, je me suis solennellement juré de ne jamais me laisser polluer l'oxygène par cette madame J'en-saurai-toujours-plus-que-vous. Ce matin-là, alors que je venais de lui annoncer, façon de lui faire tâter de l'épaisseur de mon bagage intellectuel, que j'avais fréquenté l'université de Penn — presque aussi cotée que Harvard ! — elle m'a regardée d'un air condescendant.

Elle avait connu une camarade qui elle aussi s'était inscrite à Penn car elle ne supportait plus la pression à Harvard. Elle-même, bien sûr, était sortie major de sa promo.

A Harvard.

Ensuite, il y a eu cet épisode tout aussi douloureux pour mon ego où, dans un élan de bonne volonté que je ne me pardonne pas, je me suis penchée par-dessus la séparation de nos box pour la prévenir que je devrais partir en avance pour aller au docteur.

— On dit « chez le médecin », Betty, a-t-elle rectifié sans même lever le nez de son écran.

De ce jour, je me suis retranchée dans une cohabitation polie mais glaciale. J'ai ma dignité.

Pourtant, et pour une raison que je ne m'explique pas, le petit peuple des secrétaires de rédaction semble considérer Helen comme un don de la Providence pour Cupidon & Co. « Helen, tu es la diva de la ponctuation ! Pourquoi n'écris-tu pas un manuel ? » s'extasient-elles. Quand ce n'est pas : « Raconte-nous comment c'était, Harvard ? » ou pire : « Si tu nous parlais de ta théorie de la déconstruction subjective dans l'*Ulysse* de Joyce, Helen ? »

O.K., j'exagère un brin. Mais citez-moi une seule femme normalement constituée capable de consacrer ses pauses-déjeuner à la lecture d'ouvrages aussi folichons que, pour n'en citer qu'un, *Paradigme pour une métaphysique appliquée à la narratologie historique* ?

Le plus étonnant, c'est que ma froideur à son endroit ne paraît pas la décourager. Mon petit doigt me dit qu'elle doit bouillir d'impatience de m'exposer ses théories percutantes sur la déconstruction subjective et la critique littéraire post-moderne.

Pas plus tard qu'hier matin, j'ai encore eu droit à une tentative d'incursion sur mes territoires. « Est-ce que je t'ai déjà raconté que, quand j'étais en première année à Harvard, Jim — tu sais, Jim Galworthy, le prix Nobel de littérature — voulait absolument que je donne des conférences dans tout le pays pour présenter ma thèse ? Il est vrai qu'elle est si innovante… »

Et patati, et patata. Moi aussi, ma poule, j'ai une maîtrise de lettres modernes. Bon, une demi-maîtrise, puisque je n'ai terminé que la première des deux années. Mais comme je dis toujours, pour ce que je gagne ici, c'est bien suffisant, n'est-ce pas ?

Rendez-vous dès le 1er juin au rayon poche de vos hypermarchés, supermarchés, magasins populaires, librairies et maisons de presse et retrouvez le roman *City Girl*, de Sarah Mlynowski.

Vous pouvez également commander ce roman en contactant notre Service Lectrices au 01.45.82.47.47.

Le nouveau visage
de la collection Or

◆

AMOURS D'AUJOURD'HUI

Afin de mieux exprimer sa modernité et de vous séduire encore davantage, votre collection Or a changé de couverture et de nom depuis le 1er mars 1995.

Rassurez-vous, les romans, eux, ne changent pas, et vous pourrez retrouver dans la collection **Amours d'Aujourd'hui** tous vos auteurs préférés.

Comme chaque mois, en effet, vous y attendent des héros d'aujourd'hui, aux prises avec des passions fortes et des situations difficiles...

COLLECTION
AMOURS D'AUJOURD'HUI :
Quand l'amour guérit des blessures de la vie...

Chère lectrice,

Vous nous êtes fidèle depuis longtemps?
Vous venez de faire notre connaissance?

C'est pour votre plaisir que nous avons
imaginé un rendez-vous chaque mois
avec vos auteurs préférés, vos
AUTEURS VEDETTE dans les
collections Azur et Horizon.

Les **AUTEURS VEDETTE** vous
donneront rendez-vous pour de
nouveaux livres vedette.

Pour les reconnaître, cherchez
l'étoile... Elle vous guidera!

Éditions Harlequin

ROUGE PASSION

De fiévreuses histoires d'amour sensuelles!

De provocantes histoires d'amour passionnées et romantiques qu'on lit d'une seule traite. Aventureuses, parfois humoristiques, et sensuelles, elles mettent en vedette des hommes et des femmes d'aujourd'hui.

ROUGE PASSION ... quatre nouveaux titres chaque mois.

L'ASTROLOGIE EN DIRECT
TOUT AU LONG
DE L'ANNÉE.

(France métropolitaine uniquement)

Par téléphone 08.36.68.41.01

0,34 € la minute (Serveur SCESI).

Composé et édité
PAR LES ÉDITIONS HARLEQUIN
Achevé d'imprimer en avril 2003

à Saint-Amand-Montrond (Cher)
Dépôt légal : mai 2003
N° d'imprimeur : 31692 — N° d'éditeur : 9867

Imprimé en France